Francisco Hermoso de Mendoza

LOS DÍAS DEL DEVENIR

Ápeiron Ediciones

2024

Francisco Hermoso de Mendoza

Los días del devenir

1.ª edición, 2024

© Del texto y las fotografías, Francisco Hermoso de Mendoza
© Ápeiron Ediciones

C/ Príncipe de Vergara, n.º 132, planta 9
28002 Madrid
Tfno. (+34) 637 10 99 20
E-mail: info@apeironediciones.com
http://www.apeironediciones.com/

Diseño y maquetación: Ápeiron Ediciones

Papel procedente de fuentes responsables

ISBN: 978-84-128568-0-4
Depósito legal: M-9024-2024

A mi madre, por alumbrarme siempre el camino de la vida.

El escritor que no sienta el lenguaje como el mejor laberinto está perdido.

@Lorenzo_Olivan

En la Residencia El Rosicler –denominación excesivamente poética para este centro de exterminio– tenemos régimen abierto. Abierto a la nada, pienso. El camino sería por tanto un paseíllo. Los temerosos pasitos del reo en su camino hacia el más allá, porque de aquí no se sale, a no ser con los pies por delante. Esta clase de pensamientos mortuorios e inciertos rondan últimamente por mi cabeza para quedarse ahí arriba como una nube negra que me parasita.

Sandra (la jovencísima directora de la residencia) imparte hoy una charla motivacional en la sala de lectura y nos anima a inscribirnos en el taller de escritura recreativa que comenzará mañana: uno de junio. La duración del taller será de treinta días. Al estar financiada la actividad con Fondos Europeos no tendremos que apoquinar un euro. Se trata de una actividad pionera en el área de la geriatría asistencial. En el taller –yo, chapada a la antigua, prefiero llamarlo 'curso'– aprenderemos a expresarnos por escrito con desenvolvimiento y plasticidad, y a conseguir también que nuestra prosa fluya de y por nosotros sin ofrecer la menor resistencia.

Además de no sé cuántas titulaciones y másteres en su haber Sandra es también mentora y escritora. Nos muestra fugazmente las cubiertas de dos libros: animalillos asustados que asoman por la abertura del bolso. En ellas no distinguimos los títulos, pero sí leemos: Sandra Pozas Izaguirre.

Digo *nos* porque no soy la única interesada en el curso. Julio, *El Suicida*, también ha acudido. En la residencia es bien conocido porque ha intentado quitarse la vida al menos en cinco ocasiones, que sepamos. Lo novedoso en su caso es que anuncia su suicidio con semanas de antelación y me pregunto yo qué clase de suicidio es cuando viene anunciado a bombo y platillo. De momento, y para mal de muchos (pues no lo soportan), Julio no ha logrado consumar ninguna de sus intentonas. Me resulta evidente que su proceder es una forma pueril de querer llamar la atención: la pataleta del infante. Como nos diría el padre Vivero —el juicioso cura de la residencia:

Puedes desear tu muerte
y no sabes lo que deseas.
Así que si deseas tu muerte,
deseas otra cosa:
otra vida.

Nos ha jodido. Yo también quiero otra vida, pero me tengo que conformar con esta.

Formalizamos la inscripción en el curso firmando en diminutos rectángulos en las faldas del formulario. A mis setenta y cinco años he de decir que aún hoy mi mano es capaz de agarrar un bolígrafo y escribir con una caligrafía medianamente legible.

Julio es mayor que yo. Rondará los ochenta y está hecho un cromo. Lo mismo dirá él de mí, porque cuando me miro en el espejo no me reconozco. ¡Qué cambios en mi rostro, antaño calcado al de Rosa de Luxemburgo! La nariz ahora aún más afilada, el gesto si cabe todavía más triste. El año que llevo aquí ingresada me ha consumido y en el azogue parezco una presa en sempiterna huelga de hambre.

En su incesante necesidad de llamar la atención, Julio le anuncia a Sandra que el treinta de junio se suicidará. Y será la tentativa definitiva, añade. Ella mira el calendario en el teléfono móvil mientras responde a unos *guasaps,* y le replica que está convencida de que en el taller logrará aliviar su dolor, y descargarlo también de la pena que lo aherroja. Sandra gusta mucho de emplear palabras de este pelo (digo yo que será la manera que tiene ella para dejar claro quién es la profesora). Que ya verá, le dice, cómo dentro de un mes el suicidio será para él un proyecto absurdo, una idea peregrina, y le pide —de una manera que más bien suena a exigencia— que en el taller se manifieste tal y como es, es decir, sin veladuras, y lo haga, por ejemplo, mediante las entradas de un diario. A razón de una entrada cada día.

Pensábamos descansar los fines de semana. Luego sabremos que Sandra está separada y vive en la residencia, por lo tanto, no habrá sábados sabáticos ni descansos dominicales.

Julio, a pesar de su interés inicial por acudir al curso, dice que se lo pensará, porque nunca ha escrito un diario, porque nunca ha escrito nada, en realidad. Dice que los pensamientos sí que le bullen en todo momento en la cabeza con ánimo de enjambre, pero que al tratar de escribir se bloquea y no consigue materializar las ideas, enhebrarlas en el ojal de una narración plausible, y que esto le genera mucha impotencia y frustración. Y sentencia que la impotencia y la frustración nunca acarrean nada bueno, y que el suicidio sería –o será– el necesario desenlace a tanto penar.

*

Llega la noche y soy incapaz de dormir porque los recuerdos me vienen en tromba. Todos piden la vez y la voz al mismo tiempo. A las siete de la mañana me acomodo en la mesa del escritorio, bajo la ventana. Aún es de noche. Nadie me importuna pues tengo una habitación para mí sola, a cambio de entregarles completa mi abultada pensión.

Sandra nos ha hecho entrega a cada uno, el día anterior, de un paquete de quinientos folios blancos de buen gramaje cuyo blancor me ciega los ojos zarcos. Poco antes del amanecer veo mi mano izquierda chapotear convertida en un periférico de mi ser, en el charco de luz elíptico del flexo y sobre la hoja con desenvoltura.

A las doce del mediodía estamos reunidos en la sala de lectura. Está próxima al comedor y merodea y se cuela en ella el olor del repelente caldo de verduras diario que me provoca una arcada.

A Julio lo veo muy agitado y con semblante desconcertado. Es un niño travieso que trata de esconder en la mano derecha una bola de papel arrugada.

Sandra nos dice que «Escribir es hacer y deshacer, porque todo escritor lleva una Penélope dentro. Que no hay tarea más ingrata y menos satisfactoria que la de escribir. Que sufrimos igual castigo que las hijas de Dánao. Que se lo digan a ella».

Bajo pena de ser expulsado del curso, sin ni siquiera haberlo iniciado, Julio cede. La bola de papel está ahora en la mano de Sandra. Alisa sobre la mesa la hoja con delicadeza. Me fijo en sus dedos finos y alargados.

Leer en voz alta lo que llevamos escrito, desnudarme de esta manera, me resulta incómodo. Si la letra la tengo firme, la voz me suena desfallecida, aunque encontrarme ante un auditorio tan exiguo me proporciona el arrojo necesario.

Sandra sale rauda a hacer fotocopias de nuestros textos. A su regreso me pide que lea el mío despacio y lo haga en voz alta.

Me siento igual que una parvulita septuagenaria delante del encerado.

*

Mi marido (sí, ya sé que sonarán voces diciendo que no era mío, que no era de nadie, y que mucho cuidadito con los títulos de propiedad en el amor. Pero es que yo nací en una época en la que morir a manos de nuestros maridos era considerado un crimen pasional. Años en los que la ocupación de las mujeres según los libros de familia era: sus labores; Y de aquellos polvos vinieron luego aquellos lodos: incluida yo) se había emperrado en visitar unos pedruscos etruscos cerca del agriturismo *en el que nos alojábamos.*

Enzo, el dueño, un señor sexagenario con aires de galán venido a menos, le había comido la cabeza bien comida toda la noche a mi marido con que teníamos que visitar Norchia. En sus maquinaciones había contado con la ayuda de un limoncello *casero que corría por nuestras gargantas como si fuera agua y nos ponía la cabeza en las nubes, y a salvo del calor asfixiante que pasamos durante el día. Antes, Valeria (caderas de Sofía Loren y rostro duro de la Magnani) había preparado unos filetes de ternera rellenos de jamón cocido y* fonduta valdostana, *sazonados con* finocchietto *salvaje que nos hicieron enamorarnos de la gastronomía italiana y probar después de un par de días algo que no fuera pasta.*

Dormimos a pierna suelta. No importó el calor sofocante, ni el ruido proveniente del ventilador, al que era mejor no mirar detenidamente, porque al hacerlo mi cabeza giraba con la misma velocidad de las aspas, y la probabilidad de acabar vomitando, mareada como me encontraba, era muy alta.

A la mañana siguiente, Valeria nos había dejado preparados unos bocadillos. Nos venció la curiosidad. El pan era una focaccia. Encima de la misma había unas lonchas de mortadella *del perímetro de una cabeza humana. No pudimos sustraernos a probar aquel manjar. No quedó ni una miga para los jubilosos pájaros que desde las ramas, y víctimas de la curiosidad, no nos quitaban ojo.*

En el papel fijado con un imán en la nevera vimos las indicaciones para llegar a Norchia. Había que seguir el angosto camino hasta salir a la carretera, girar luego a la izquierda y después, en la primera bifurcación, tomar el camino de la derecha hasta superar una casa con piscina.

Dejamos el coche aparcado al lado de la casa indicada en el plano. Fuera había una Harley reluciente. Creo que al escuchar el ruido del motor del coche fue cuando el tipo de la casa salió a nuestro encuentro. Era un oso barbudo con pobladas patillas. Se presentó: Giancarlo-guía-privado.

Yo entendía muy poco de lo que decía el hombre, a pesar de que hablaba despacio y se expresaba con dificultad, pero mi marido, al que los idiomas se le han dado siempre estupendamente, me iba traduciendo en tiempo real.

Giancarlo colgó en el bolsillo de la camisa verde de cuadros una tarjeta de plástico con su nombre y foto. El tipo de la foto, con el rostro de un militar regresado sonado de alguna guerra o escaramuza bélica, no se le parecía mucho. Nos dijo que las piedras no hablaban, pero él sí. Supuse que sería el chiste que le contaba a todo el mundo, a pesar de que allí no hubiera ni Dios. Y lo dijo con tan poco entusiasmo, con tan poquísimas ganas de agradar, con tal cara de fastidio y hastío infinito que, curiosamente, me empezó a caer bien el tipo, o tipejo. Pero no nos adelantemos y demos a la narración su debido tiempo.

A mediodía el sol ajusticiaba a los incautos turistas como nosotros. Nos pusimos a andar por los caminos polvorientos bordeando las piedras de toba rojizas que se deshacían al tacto. Buscamos el acogedor seno de la sombra. Fue una bendición cuando Giancarlo nos hizo señas para que entrásemos en una cavidad. Se trataba de una gruta que se ensanchaba a medida que te introducías en su interior. No se veía nada allá adentro. Giancarlo enfocó con la linterna hacia el suelo y de la nada aparecieron un cúmulo de tumbas, esqueletos y cráneos. Del susto, Segismundo, mi marido, alzó la cabeza y parte del techo, al no llevar gorra, ni sombrero de paja, pasó a formar parte de su cobertura capilar, la cual era muy deficiente, por no decir inexistente. Giancarlo me apuntó con la linterna y di un grito espantoso de serie B que para sí lo hubiera pensado Munch al pintar su famoso cuadro, y eché a correr despavorida hacia la luz, buscando la salida de la gruta.

Por economizar, a Segismundo lo llamaré Segis, a quien al comienzo de nuestro idilio lo llamaba siempre, entrelazando nuestras manos nerviosas: Mimundo; luego Mundo; más tarde Mindundi y finalmente Inmundo.

¡Ay, pero cuántas veces he pensado estos últimos años si no hubiera sido mejor que Segis se hubiera aplicado el cuento del homónimo personaje calderoniano!

Pues como venía contando, y a pesar de que Segis ya había pacido lo suyo, me dirigí a él, en este trance, como «Mi pequeño unicornio». Trató Segis de quitarse el trozo de estalacticta o estalagmita, no teníamos clara la distinción, pues la espeleología nunca fue el fuerte de ninguno de los dos. Al no ceder, decidimos dejar la esquirla en su sitio para que fuese extraída en su momento por un profesional.

Yo iba con sandalias romanas. Calzado que lleva dos cuerdas cruzadas por el empeine, y comencé a maldecir por las chinitas que se me metían continuamente en la planta del pie. Las sandalias las eché a perder al vadear el río, que bajaba muy escaso de agua, pero lo suficiente para no volverlas más cristianas. Al cruzar un campo cuajado de cactus seguí maldiciendo. Segis me veía en la media distancia, desesperada, agitando continuamente los brazos, en el empeño de apartar de mí una nube de mosquitos inexistente.

Giancarlo nos echó un porrón de fotos y dijo que nos las enviaría en unos pocos días por correo electrónico. Me costaba mucho imaginarlo delante de un ordenador. Al vernos tan sofocados y continuamente resoplando, nuestro guía buscó una sombra en la que pudiéramos reposar. Nos hizo saber que tenía en internet una cumplida página web sobre los etruscos. Segis preguntó que a qué se debía su interés por los etruscos. Giancarlo puso la mano sobre la parte superior de la boca, dejándola inerte sobre el poblado mostacho. Si lo hizo con todo aquel secretismo fue para que solo lo escuchásemos nosotros dos, y fue entonces cuando, a bocajarro, nos confesó que «Él era un etrusco de carne y hueso». Por mí, ya podía ser el tataranieto bastardo de un emperador romano, pensé. Pero quién era yo para sacarlo de sus fantasías, pensé también. Y entonces asentí e incluso mis ojos se abrieron denotando cierta curiosidad e incluso admiración, muy bien recibida por el congraciado, o desgraciado. Pero vayamos poco a poco.

El final de la visita conducía al anfiteatro —enseñoreado en un alcor pelado de vegetación. Al ascender me iba quejando de que Giancarlo no era un etrusco sino un pulpo, pues no dejaba este de tocarme el culo con la excusa de auparme y hacerme el ascenso más llevadero.

Al ponerlo más tarde en conocimiento de Segis, mi marido me replicó que con veinte años menos y muchos más huevos, Giancarlo hubiera acabado más baqueteado que el hidalgo caballero de la Mancha, pero que habida cuenta de sus años (sesenta y dos contaba entonces), más la fatiga, y el inclemente sol trabajando nuestro ánimo sin descanso, su ansia de venganza —en resumen—

se habría visto reducida a darle una cornada o lo que quiera que hiciesen los unicornios cuando mochan —si es que mochan—, algo que Segis y yo desconocíamos, porque no teníamos nietos y nunca habíamos abundado en el género literario repolludo o unicórnico.

El anfiteatro pulido por el sol de las dos de la tarde parecía recién salido del taller de un picapedrero. Nadie diría que llevaba allá dos mil años a la intemperie, víctima de la lluvia, el frío, y de todo lo que el éter hubiera tenido a bien vomitarle encima cada día desde su erección.

Tomamos asiento en las piedras y creo que las nalgas nos debieron cambiar de color bajo la tela casi al instante, poniéndolas al rojo vivo. No había una maldita sombra a nuestro alrededor, y la visita al anfiteatro duró lo que nos llevó dar una vuelta rápida y recorrer el perímetro en continuo movimiento.

Finalizada la visita, Giancarlo nos pidió la voluntad.

En un acto de generosidad sin precedentes le entregamos un billete de veinte euros. Nuestro guía lo verificó al trasluz, detenidamente, para finalmente guardarlo en una riñonera roñosa fijada al abultado vientre. Hizo además de darme un beso. Le alargué mis manos y pude entonces, en la crujiente despedida, oír el lamento de mis falanges entre las suyas.

*

Sandra me entrega fotocopiado el mismo texto que acabo de leer. Presenta tantas palabras tachadas en rojo y tal aluvión de correcciones al margen, que me hace sentir como cuando era moza, y la monja me obligaba a juntar los dedos de la mano izquierda, y me arreaba un varazo con saña por la menor chiquillada. La diferencia es que aquel era un correctivo físico, y ahora lo que siento es aún peor: la vanidad herida. Por eso me cuesta horrores mantener la compostura y no derrumbarme, mientras dos preguntas invaden mi cerebro para ir desollando la verde esperanza:

1. ¿Quién me mandó apuntarme al curso?
2. ¿En qué estaría pensando?

Ahora es el turno de Julio. Ha seguido fielmente las instrucciones de Sandra y ha escrito un diario. Va tan sobrado que tiene incluso un título pensado por si algún día sus palabras vieran la luz: *No más onomásticas.*

El día del Caribú

Busco en la enciclopedia Salvat qué diantres es un caribú, palabra que me evoca una isla caribeña ubicada en la polinesia. A Dios gracias que el texto va acompañado de una fotografía, de escasa calidad, sí, aunque suficiente para encontrarme con un animal que parece una vaca que quisiera ser una jirafa y se hubiera quedado en el camino, como falto de energía o determinación. También pienso que el caribú es el SUV de los equinos.

Junto al pilón me espera Julián. El día de la marmota dura para nosotros dos ya varios años. Los días están tan faltos de novedades y nos lo tenemos todo tan dicho y tan hablado que nos basta con ir caminando uno al lado del otro, mirando al frente. Los recuerdos de mi buen amigo siempre son del pasado remoto, quizás porque los últimos veinte años no han dejado apenas huella alguna en su vida, en su memoria. Y pienso en algo que leí: que para los egipcios el pasado estaba delante de ellos, porque era lo que ya habían vivido, lo conocido, y el futuro, sin embargo, era lo que estaba a su espalda, lo incierto, lo desconocido, aquello que no podían ver.

Julián mira al frente, y a menudo se queda alelado, digo yo que contemplando y recorriendo su pasado y siempre anda con Genara en la boca. Genara fue su mujer. Falleció hace más de una década, de muerte natural. Julián me refiere historias de cuando se conocieron, bailando en la plaza, durante las fiestas. De la primera vez que se acostaron. De cuando tuvieron los críos. Dice que Genara estaba tan delgada que de perfil casi no se la veía, y que

cuando lo hicieron por primera vez —fue en la noche de la boda—,
Julián, que iba muy bien dotado (no he podido comprobarlo)
tuvo miedo de que en el momento de penetrarla Genara quedada
partida en dos mitades (al oír esto, muda su pene en alfanje, y la
imagen me produce escalofríos). No sucedió nada de esto porque
Genara no solo no murió aquella noche, sino que se preñó de vida.
Los gritos de placer de la pareja recorrieron todo el menudo pueblo
y ocuparon cada casa. Mucho se hablaría de aquella noche entre
las generaciones venideras: noche velada por el misterio e inflama-
da por la pasión. Los más pequeños aferraron aquella noche con
miedo las almohadas, en la ignorancia de que era posible aullar
de placer.

*

Sandra apenas corrige a Julio, al contrario: lo ensalza, enca-
rece y alaba. Supongo que como mentora que es está curtida
en técnicas de motivación y solo pretende con estas odiosas
comparaciones —porque así me lo parecen— sacar lo mejor de
nosotros, para llevarnos al límite: hasta la lábil frontera de
nuestras posibilidades literarias.

Antes de dar por finalizada la sesión Sandra me exige —sin
despegar sus negros ojos de los míos, aunque yo no haga otra
cosa, tan herida como me siento, que rehuirla— más concisión,
más concreción y más *punch* en el siguiente escrito.

*

El ritmo de producción impuesto sé que me tendrá toda la
semana con la lengua fuera, al límite de mis fuerzas, y con la
duda continua de si no habrá gatillazo y el miedo a la hoja en
blanco me dejará paralizada —tanto de cuerpo como de mente.

He decidido que el proceso de escritura lo llevaré a cabo
entre las siete y las nueve de la mañana. Es cuando ando más
lozana, que ya es mucho decir. La noche anterior y las horas
previas a la escritura me servirán para ir madurando el texto,

que se irá cociendo poco a poco en el caldero de mi cabeza, como el ragú de los italianos en los fogones.

*

Enzo nos dio la bienvenida enarbolando una botella de li-moncello fresquito. Con el reseco que llevábamos encima, a partir de la segunda botella fue que empezamos a sentirnos bien, en plena armonía con la infinitud del universo y la esfericidad de la tierra.

Desapareció de nuestro cuerpo la fatiga. Se evaporó el cansancio. El calor, no obstante, seguía ahí. Yo aún más roja que Segis. Parecía entonces una inglesa mantecosa (en aquellos años estaba bien entrada en carnes); uno de esos cangrejos británicos que desconocen la existencia de la crema solar o se sienten tan machotes que dicen no necesitarla, pero ¿acaso mantienen la hombría y la melatonina alguna clase de correlación?

La cabeza me daba vueltas y necesitaba dormir. Segis me acompañó a la cama y me arropó, mientras yo iba dando patadas a la sabana: un sudario sudado. Me dio un besito de buenas noches.

Dormía cuando horas después escuché ruidos en la habitación. Sin abrir los ojos visualicé a Segis al pie de la cama, víctima de la incontinencia verbal. Pensé que estaba leyendo un libro, porque su relato confesional no daba pie al titubeo y era una flecha dirigida al objetivo: el objetivo era yo, pero Segis esto no lo sabía, porque no moví pestaña en lo que duró la declamación:

> *La noche era sofocante. Enzo manejaba con destreza el abanico, alborotando su melena blanca. Valeria iba rebajando las existencias del* limoncello. *El cielo era un sarpullido de estrellas. Pensé en lo sencillo y agradable que resultaba la vida en aquel momento, tan ligera y exenta de preocupaciones. Enzo acomodó la cabeza sobre los brazos y cayó fulminado. Valeria seguía bebiendo y cuando me alcé para despedirme,*

aferró mi mano izquierda y la colocó sobre sus pechos. La mano —ajena a mi voluntad— permaneció quieta; obediente perro de caza esperando una orden mía.

Luego Valeria levantó el vuelo de la falda. Me asomé al origen del mundo y ella dijo algo que no necesitaba traducción.

Yo seguía el dictado que el nacionalcatolicismo me había impuesto siempre. Puestos a consumar sería siguiendo la postura del misionero, la única avalada por la Santa Iglesia con Juan Pablo II a la cabeza.

Llevábamos tanto alcohol encima que ni yo cogía el tono ni ella se desprendía de una risa tonta —en un desafinado concierto de gemidos y risotadas— que lejos de excitarme me daban ganas de probar la elasticidad de sus sonrosados carrillos y tirar de ellos como si fuera goma de masticar. Me sentía ridículo encima de ella. Además, se había girado para probar no sé qué postura kamasútrica.

La gota que colmó el vaso fue cuando me pidió que la penetrara con mi cuerno. Traté entonces de zafarme. Ella se enganchó a mi pierna, al igual que el jinete de un wéstern cuando cae del caballo y es arrastrado metros y metros sin soltarse de los estribos. De esta guisa llevé a Valeria durante quince metros —aunque pudieron ser más—, dejando la rodada de su cuerpo entre jirones de hierba y tierra.

*

Sandra me tacha hoy menos palabras. Muchas todavía para mi orgulloso parecer. El número de observaciones y subrayados sí se ha visto reducido drásticamente.

*

El día de la infancia

Nada que celebrar. La algarabía de los chiquillos capaz de opacar entonces el trinar de los pájaros fue un río caudaloso y fecundo que el paso del tiempo drenó hasta secarlo. Quedamos ahora por estos lares los mayores. Paseamos sin prisa por la calle del pueblo. Las casas dispuestas en los flancos a modo de sartales. Permanecemos sentados en la plaza durante horas pegando la hebra, a la sombra de los árboles, si el buen tiempo nos secunda. Recorremos a paso lento y despreocupados los caminos hasta el altozano. Miramos los cielos con detenimiento; tan atiborrados de seres queridos.

No, no tuvimos hijos, aunque quisimos. Nunca supimos si fue por Rita —mi mujer— o por mí. Da lo mismo. Ella había tenido cinco hermanos, yo seis. Conmigo el árbol genealógico familiar perdió una rama. No nos quedó otra que hacernos a la situación y apechugar. La ciencia no vino entonces en nuestro auxilio con métodos fertilizantes. Tampoco hicimos lo que hemos visto hacer a otros en las películas: secuestrar un bebé, quitárselo o comprárselo a una pobre desgraciada.

He tenido que escuchar demasiadas veces por corifeos casposos que un matrimonio sin hijos es una foto falta de brillo, y lo peor: de vida. No lo creo. Nosotros hemos recibido mucho cariño, sea de la clase que sea, de nuestros sobrinos y de toda su prole, a razón de cinco hijos por barba, llegando a suscitar en su día el interés de un conocido programa de televisión. Así vimos por estos andurriales a una jovencísima y dicharachera periodista caminando por los sembrados y mostrando los calabacines a la cámara con el entusiasmo de quien ha descubierto de repente la naturaleza de las cosas. O las cosas de la naturaleza. Programa televisivo ganado al sensacionalismo que quiso ver en tamaña progenie cómo se abría un resquicio a la esperanza: «El cuento de la lechera» renombrado, a bombo y platillo, como «La España repoblada», cuya semilla sería nuestro pequeño pueblo.

*

21

Julio no falla. Ha decidido lanzarse a tumba abierta por los derroteros del yo y parece que a Sandra (embebida durante la lectura) le debe tocar algún tipo de fibra sensible. Reconozco que después de un año conviviendo en la misma residencia lo desconozco todo de él. Es un extraño para mí, también para el resto. No hemos hecho otra cosa entre todos que troquelarle en la frente con grandes letras de molde el apelativo *El Suicida*. Veo ahora que la escritura está tendiendo puentes (pasarelas, de momento), desvelando máscaras. Lo pienso sin tenerlo claro del todo, porque compruebo que no hay mejor máscara que la escritura, que no hay mejor herramienta que la literatura para mostrar únicamente aquello que nos interesa enseñar. «Lo que no se nombra no existe», he leído alguna vez. Y aquí veo nítidamente que cada uno es el guardián de sus secretos.

*

A la hora establecida ya están Sandra y Julio en sus asientos. Veo caras que al denotar impaciencia y curiosidad me animan.

Don Giovanni, cirujano de Bolsena, espigado e inasible como una abstracción, de brazos finos y kilométricos, casi fideos —y pienso en las esculturas de Giacometti—, extrajo a Segis la esquirla con la misma suavidad con la que se extrae una muela, o la piedra de la locura, supongo.

Dijo que la fortuna había estado de su parte. No se había quedado vegetal mi marido por unos pocos centímetros. El vendaje después de la operación le daba un aire a lo Darkman, afirmó Segis. Al jubilarse, durante los primeros meses, se dio un atracón de cómics, y a menudo su realidad se adaptaba a los personajes de estos, así que sirvan estas observaciones en su descargo. Sé de buena tinta que yo era para él, porque me lo había dicho en algún rapto de episódico romanticismo, su Wonderwoman, su amazona favorita, pero sin tiara, armadura, coraza, guanteletes, ni escarpes. Aunque puestas a elegir, yo hubiera preferido convertirme en Pentesilea, alguien capaz incluso de darle para el pelo a Aquiles.

Le tomé la palabra a Segis cuando me propuso irnos a visitar Italia y aprovechar su reciente prejubilación en el banco para llevar a cabo nuestro particular Grand Tour. Un viaje que nos pondría dijo, en contacto con el arte en su forma más perfecta. Al igual que hacían los ricachones antaño, guía Baedeker en ristre.

Al día siguiente a su proposición ya había hecho las maletas, la suya y la mía, y organizado el viaje. Segis, alardeando siempre de llevar la voz cantante, no dejaba de ser un dominguillo, porque para qué querría una amazona como yo, a un hombre como él a mi lado, sé que se preguntaba cuando tenía algún esporádico ramalazo de lucidez o cuando le sobrevenía un bajonazo de autoestima, cada vez más frecuentes y evidentes tras su forzada salida del banco.

He de situar esta narración en el año 2003. Año en el que hubo muchísimas muertes por calor en Europa. Lo supimos después. Camino de Italia, y tras nuestro paso por Francia, nos estábamos metiendo en la boca del lobo. Siempre alababa la conducción de Segis (al César lo que es del César), y al calor de los alados piropos que le hice, Segis recorrió casi mil kilómetros del tirón. Al cruzar la frontera, cerca de Ventimiglia, nos tomamos un café. Eso sí era un café, ¡sí señor! y no la aguachirle que nos sirven en España. El café nos puso las pilas, nos entonó. Segis, pura solicitud, quiso cumplir mi deseo de remojarme en el Mar de Liguria. La ciudad elegida fue Arenzano. La playa buena era la privada. La destinada al populacho era una franja de arena negra y sucia. El agua estaba muy caliente y tenía tanta concentración de sal que si intentabas tocar el fondo marino no podías, y salías propulsada hacia arriba cual tapón en el descorche de una botella de champagne. Estuvimos un buen rato flotando. Ahora sé que fue el mejor momento del viaje.

Acostumbrados al undoso mar cantábrico, el mar ligurés nos parecía una balsa de aceite (de una freidora). Un paraíso líquido encajonado entre montañas verdes y humeantes. En la distancia, los fuegos artificiales —en tanto que eran el resultado de los habituales desmanes humanos— no daban tregua a la naturaleza inerme.

*

Sandra me devuelve la hoja tal y como se la entregué. Se muestra desconcertada. Dice ver en el texto a una nadadora que veloz bajo el agua helada buscase desesperadamente una rendija por la que asomar al exterior, mientras va dando cabezazos en el hielo, pero sin usar la vista, ni el olfato, ni el tacto, y por eso no tiene nada claro si me verá emerger o no.

*

El día de los amores imposibles

Qué clase de amor es si es imposible, me pregunto. Un amor platónico, supongo. Un concepto, una idea, un deseo. Algo me contó el otro día Julián acerca del deseo y los astros, del siderare *de los latinos. Que* desiderare *era dejar de ver los astros. Surgía entonces el anhelo de volver a verlos. Anhelo que era nuestro deseo. Me sorprendió mucho que Julián me hablara de estas cuestiones etimológicas con semejante desenvoltura. Supuse que algo tendría que ver con las asignaturas de «Etimología para la vida, Mitos griegos imprescindibles, Astrología para escépticos y Romanticismo en tiempos del amor líquido»; asignaturas que estaba cursando en la ciudad, en la Universidad de la Experiencia.*

Y volviendo a los amores imposibles, confieso que en la escuela me quedé prendado de Eufrasia. Era una jovencísima docente que nos tuvo a todos atontados —embelesados, sería la palabra oportuna— durante el único año que nos dio clase en el pueblo. La mujer más guapa que he conocido en toda mi vida. No solo era bella. Era dulce, bondadosa, afable. Un ser superlativo.

La voz de Eufrasia era la de una locutora de radio o la de una actriz de doblaje. Cuando caminaba entre las mesas una fragancia frutal recorría los pasillos. Si te miraba sabías que ya nunca más volverías a ser el mismo, no porque fuese una Medusa capaz de convertirte en piedra, sino porque sentías en el pecho una opresión, un peso en el corazón. Luego supe que aquello era el amor, el deseo, la necesidad imperiosa de querer estar con alguien. La necesidad de estar fundido dentro del amado ser. El benefactor y tan necesario amparo carnal.

Cuando nos anunció su partida fue un día triste, el más triste de mi vida hasta ese momento. Recibí un beso de Eufrasia en la mejilla y sentí un escalofrío. No sabía si así se manifestaba mi deseo de ella o si el escalofrío era la punzada fría que sentimos cuando nos sabemos mortales. Nos quedamos en el aula huérfanos de belleza, de dulzura y de bondad. Más tarde tendría la naturaleza fugaz de un espejismo su estancia entre nosotros. En nuestros corazones quedó tanto un vacío como la necesidad de buscar algo con lo que rellenarlo.

¿Podría ser amor?

La vida nos lo diría.

*

Julio sigue firme con lo suyo. Va tocando todos los palos y todas las teclas, convertido en un hombre orquesta. Veo a Sandra comiendo de su mano, cual ávida palomita. Moviendo la cabeza continuamente, asintiendo cuando Julio lee. Gestualidad –lenguaje no verbal y silente– que me enerva y me sienta aún peor que las felicitaciones orales dirigidas a mi rival.

*

A pesar de las mascarillas no me cuesta reconocer hoy los rostros de Julio y Sandra. Me instan a que yo también me ponga una para evitar la propagación de no sé qué virus que anda suelto por ahí. Accedo. La voz no se ve mermada por la mascarilla. Pero necesito ver los labios cuando me hablan, cuando me leen, y asimismo la alegría, el asombro, o la contrariedad en los rostros en el recibimiento de las palabras.

Después del baño reparador en el mar hicimos un último esfuerzo. Segis no encontraba ya postura en el asiento hasta nuestra llegada a Génova. Las ciudades tan grandes siempre me han des-

agradado. Nos costó un buen rato encontrar el hotel sin la asistencia del GPS. Después de una ducha nos fuimos a pasear. Las plazas por las que se perdieron nuestros pasos eran una parrilla a cielo abierto. Habíamos visto hacía poco en La 2 una película muy triste de Nanni Moretti. Trataba sobre un matrimonio que había sufrido la pérdida de un hijo. Al padre se le veía corriendo por algunas de las calles de Génova. No reconocimos (era lo previsible) en nuestro paseo ninguna de las calles de la película y no nos faltó mucho para acabar perdidos en su laberíntico trazado.

A falta de catacumbas buscamos el frescor en el interior de una basílica: la de San Giro. Por fuera no llamaba nada nuestra atención, empero, el interior era de un barroquismo apabullante. Recorrimos las doce capillas admirando las esbeltas columnas. El suelo de mármol sofocó el calor de nuestros cuerpos. El sol que incidía sobre la iglesia se filtraba por las ventanas para ir a derramarse luego iluminando los frescos de las cúpulas, y a su vez, sacando de la oscuridad los marmóreos rostros de las estatuas.

Cuenta la leyenda cómo San Giro plantó cara a un basilisco escondido en un pozo. Lo instó a salir para que la bestia se arrojase al mar. Sucedió así y nadie fue fulminado por el iracundo animal. Si no reconfortados espiritualmente, el templo sagrado sí nos brindó una plausible combinación de silencio, luz y belleza. A mi parecer excesiva en su barroquismo, pues siempre me había sentido más identificada con los valores del románico: encarnados en la sencillez, la sobriedad y la austeridad.

Asomada al balcón de la novena planta de la habitación del hotel, Génova me pareció una ciudad aplastada contra el mar, erizado por las numerosas grúas del puerto.

El diazepam y la mucha e inusual actividad física me hicieron caer en trance en seguida, pero antes de caer rendida, bocarriba y con los brazos caídos al lado del tronco, vi la sombra de mi marido al pie de la cama. Me miraba sin advertir que mis pupilas eran una cámara grabando, si bien con la batería en las últimas.

Le oía decir (en sordina) que yo asemejaba una difunta. Se preguntaba Segis cómo sería su vida cuando yo muriese. Sé que era un pensamiento inconsciente e improbable según las estadís-

ticas, puesto que el presupuesto de hecho era que yo moriría antes que él, dejándole viudo. En su cabeza —quizás fruto de la ansiedad, o del resultado de la imagen prospectiva compuesta en su mente— un pitido que derivaba hacia el estridular de la cigarra le hizo sentirse una de ellas. Operó la metamorfosis cuando cayó en la cuenta de que al igual que las cigarras ninfa él también había pasado, sino diecisiete, sí muchos años enterrado y encerrado en una vida administrativa, funcional y doméstica (esto, el muy pájaro, se lo calló). Y que era ahora (¿conmigo muerta?) cuando comenzaría a disponer de los parabienes del tiempo, de la luz, de un incipiente porvenir.

*

Sandra me recrimina ir con el freno de mano echado. Afirma que al escribir hay que vaciarse para darlo todo, porque de nada me servirá ir guardándome las cosas en el tintero. He de olvidarme del cálculo y del resultado. Porque esto no son matemáticas, son LETRAS, y no las Letras del Tesoro, sino las otras: aquellas que no producen ningún interés (en el lector) por mucho que inviertas en ellas, por mucho que te dejes la piel cada y día y cada noche sobre el papel. Y me lo dice en un tono tan airado, tan impropio de su naturaleza bonancible, que llega a asustarme. Tengo que fluir, dice. Tengo que flotar, añade; como hice en Arenzano, metamorfosearme como ha hecho Segis en Génova. Tengo que dejar de ser una oruga y echar a volar, ¡ya!

He de reconocer que Sandra —aunque sus continuas correcciones y observaciones me alanceen el costado, cada día más magro— presta suma atención a lo que escribo y sé que trata de corregirme para situarme en el buen camino.

*

El día del hipopótamo

Por mi querencia a los bostezos, ya en la escuela, Julián me tomaba el pelo diciéndome que parecía un hipopótamo, si me cazaba in fraganti con la boca bien abierta. Nunca he visto un hipopótamo. Nunca he pisado un zoológico. Mi vida sería un compendio casi infinito de todas las cosas que no he hecho, ni haré. Se lo comento hoy a Julián camino del cerro y me explica que un hipopótamo es un caballo de río. Coincidimos en que más que un caballo, un hipopótamo parece una ballena, un zepelín de carne, un volumen indefinido, un gran balón dotado de extremidades y cabeza.

El río queda a nuestra izquierda. En escorzo vemos su tímido caudal. Es mediodía y período canicular. Dejamos las boinas apoyadas en una gran roca bruñida con forma pentagonal. Nos desnudamos. Julián se gira y tengo que apartarme. Pienso en la pobre Genara durante la noche de bodas, y en todos los días que hubo coyunda. No sabría si compadecerla o felicitarla.

El agua fría nos corta y traspasa. Braceamos para entrar en calor. Apenas nos cubre por las rodillas hasta que logramos llegar a una poza en cuyo centro, sin dejarnos ver el fondo, sí nos cubre enteros, y entonces nos sumergimos. Jugamos como los críos a ver quién aguanta más debajo del agua sin respirar.

Y no siendo hipopótamos igual nos refocilamos.

*

Sandra aplaude. Tres palmadas retumban por la sala. Regresan siendo un bumerán hacia Julio que lo alza triunfante. Verlo sonreír es un milagro.

Albergaba serias dudas de que nuestro curso de escritura recreativa sirviese para algo —la verdad—, pero que obra milagros —o al menos acontecimientos asombrosos— es un hecho.

*

Madrugamos. Segis de puro servicial (¿es así como trabaja la culpa?) me estaba comenzando a agobiar. Me tenía preparada una sorpresa. Condujo hasta Levanto. En la estación cogimos un tren. A nuestro encuentro salieron distintas localidades: Manarola, Vernazza, Corniglia, Monterosso al Mare y Riomaggiore; las llamadas Cinque Terre. Me costaría decantarme por una porque todos eran pueblitos costeros de postal. Las fachadas de colorines, de consumo, nos recordaban a las de Cudillero.

Tenía la sensación de hallarme en una colonia alemana si atendía al rubicundo paisanaje. Afortunadamente, la comida sí era italiana y frente al mar disfrutamos de unos sabrosos spaghetti allo scoglio.

Sonreía Segis, a pesar de que la venda le picaba y el sudor le iba directo a los ojos: rojos de tanto friccionar, y lagrimosos, a saber, quizás así maquinaba la culpa, me decía y me engañaba a mí misma, como tendría ocasión de comprobar un poco más adelante.

El agua del mar era cristalina. No había paseo marítimo, ni playas, ni calas, ni arena: solo escolleras. Me zambullí. Hollé el poco profundo suelo marino y como premio a mi deambular de cabotaje por las profundidades me llevé incrustada una esquirla (nada comparable con el ya mítico cuerno etrusco de Segis) en mi pie izquierdo.

Cuando finalizamos la excursión por las Cinque Terre nos encaminamos al agriturismo de Valeria y Enzo, en el término de Vetralla. Nos volvimos locos para encontrarlo a nuestra llegada porque el indicador del agriturismo no estaba visible en la carretera, sino que este se veía solo cuando ya habías tomado la desviación que abocaba a un camino de tierra.

Además de un terrenito salpicado de verduras y plantas aromáticas, había también burros, ovejas, pájaros y media docena de robles resecos. Un pequeño edén, si no hiciera aquel calor del demonio que solo alentaba al viajero a estar todo el tiempo bajo el agua de la ducha o a entregarse sin control a la bebida. Poco podía imaginarme en ese momento que al día siguiente la noche acabaría de la manera ya referida.

Vi cómo Segis se llevaba de repente la mano al pecho. Es la culpa llegando al clímax, pensé. No había llegado a consumar el acto sexual, pero ya desde que Segis dejó quieta su indefensa mano entre los pechos de Valeria, la infidelidad para mí ya había sido consumada. Era más que suficiente con la intención.

Me he preguntado muchas veces qué vio Valeria en él. Si el detonante fue el alcohol, la seducción de la novedad, la ocasión pintiparada, o la voz de la naturaleza suplicando un desfogue. Pero fuera cual fuera la causa, nada justificaría su infame acción.

Me quedé a cuadros cuando en la pantomima diaria que me veía obligada a perpetrar con nocturnidad y algo de alevosía, escuché que los remordimientos de Segis (lejos de atenuarse) se habían acrecentado, al tener este muy claro que volvería a reincidir después de haber iniciado un camino que (cual pobre Orfeo) no le permitía ya mirar atrás. Me pareció que canturreaba algo de... que la vida le empujaba con un aullido interminable, interminableeeee...

Me preguntaba (con mi tendencia a disculparlo todo) si los devaneos (más mentales que sexuales) de Segis no guardarían una relación directa con su cacareado desterramiento, con el alud de años que había pasado sepultado en sí mismo.

Había adoptado Segis la mala costumbre de agarrar el dedo gordo de mi pie derecho y usarlo como un citofono *para sus confesiones nocturnas. Me costaba muchísimo no retorcerme por las cosquillas que la unilateral y siempre sorprendente comunicación me producía.*

*

Sandra valora esta vez la concisión, la confesión, el material introspectivo, la presunta sinceridad y la valentía de mostrar mis sentimientos. También que haya sido capaz de desnudar mi alma para dejarla a la intemperie de los acontecimientos. Se ayuda de los dedos para hacerme ver que esta sinceridad va entrecomillada.

Nos imparte luego una breve charla acerca de los fuegos artificiales en la escritura. Siempre tan peligrosos. Tan capaces de embelesar al lector, pero tan fugaces: apenas leves estelas en el cielo, y lanza su mirada al techo, recorrido por arañas gigantescas.

–Nada tan dañino al escribir como el artificio –remacha.

*

El día de la paz

Julián tiene ganas de guerra. Le explico qué día es y muy orteguiano y muy gassetiano me contesta que no está para centenarios y que me puedo meter el día de la paz por el orto.

Cuál es mi sorpresa cuando acto seguido pasa a detallarme mi buen amigo que el orto es el ano, pero que a su vez también es el momento en el que el sol o cualquier otro astro aparece en el horizonte; La explicación le resulta lenitiva, porque su mala leche se evapora de inmediato, recuperando la templanza habitual, sin asomo alguno de belicosidad. Los prontos de Julián, al que conozco (o desconozco) tanto como a mí mismo, y su manera de aborrascarse, no dejan después de tantos años de sorprenderme, para mal.

El origen de las palabras que tan desenvuelto maneja ahora, no le permite, sin embargo, localizar y explicar el origen o la fuente de la tensión que le lleva esporádicamente a explotar de sopetón, y que tanto me desagradan en él, pues lo oscurecen hasta enmarañar su carácter suave y sereno.

Oigo cantar a Alejandro en la radio que «Después de la tormenta siempre llega la calma» Qué razón lleva el cantante, pienso… «Pero sé que después de ti, después de ti no hay nada»… sigue cantando.

¡Cómo no pensar en Rita, en todos los años de calma chicha que llevo viviendo en balde!

*

Sandra calla, y la que calla otorga, pero qué otorga, me pregunto: la solidaridad con la soledad de Julio, la empatía con su dolor, la comprensión hacia lo gravoso e inasumible que le resulta la ausencia de Rita, me contesto. Y no sé si acierto lo más mínimo.

A pesar de algún detalle luminoso y de cierta alegría que trata de manifestarse en Julio, esta alegría creo que lo hace con la intensidad apagada de una estrella ya muerta. Y ya puestos a abundar: no consigo tomarles el pulso a sus escritos quejosos, llorones diría (si me dejase llevar por la malicia). A pesar de que le envidio mucho la camaradería ahí presente, de la que yo nunca he disfrutado.

Y qué dirá él de mis esperpénticos escritos. Mejor no saberlo y menos *aún* después de lo que se avecina.

*

Íbamos por la ciudad eterna buscando desesperados la sombra, las fuentes, el agua mineral embotellada y fresca en las tiendas de los pakistaníes. En una trattoria *del Trastevere y después de haber degustado unos magníficos spaghettis al dente con tomate y aceitunas negras (¡qué providencial fue en mi mente la imagen de La Dama y el Vagabundo!), a los postres, deleitándome con el mejor tiramisú que había probado nunca, Segis dijo que me dejaba.*

El tráfico no me permitió oír bien su afirmación o reprobación. La tuvo que repetir.

Me dejaba. En dos palabras: «Finito, finito». Lo decía en un perfecto acento italiano, y agitando las manos cual bufón de baratillo, desde un rostro increíblemente seráfico. Y yo pensando que se podía meter el «finito» por el orto, protagonista de un plano secuencia que finalizaba con mi rostro fundida (o más bien confundida) a negro.

No era posible, pero sí era real. Que mi esposo y yo —un tándem desde hacía tantas décadas— nos separásemos, no podía ser. Era tan imposible como que Portugal se separase de España, por mucho que Saramago lo hubiera desarrollado en una de sus novelas, en La balsa de piedra, *si mal no recuerdo. Tal cual me quedé yo: de piedra.*

Le pregunté si su decisión era como consecuencia de su infidelidad. Calló, de repente, pálido. Dijo no estar al corriente de ninguna infidelidad por su parte. No solo mintió descaradamente, dijo sentir además un dolor que le debía recorrer muy, pero muy adentro, porque en sus ojos terrosos borboteaba una alegría inédita, sofocada por la serenidad más propia de una Madonna.

Lo más sangrante era que en aquella escena (una de las más importantes en mi vida), yo no ocupaba un papel central. No era la actriz principal, sino una simple y triste figurante.

¡Figurati! diría ahora.

Y no hubo beso final de despedida. Segis se fue perdiendo entre el tráfago de los coches y el feroz petardeo de los motorini.

Como la alumna en blanco ante un examen, igual me quedé yo ante la vida. Como el abuelo al que abandonan en la gasolinera porque la familia quiere perderlo de vista, igual me sentí yo en Roma, abandonada a mi mala suerte.

Hubiera deseado una explicación, poder cantarle las cuarenta, una conversación, algo que me aclarase las cosas y diera cuerpo a sus sentimientos hacia mí, hacia el nosotros que éramos hasta hacía apenas un par de minutos. Pero también sabía que era mejor así, porque Segis, más tergiversador que poeta, trataría de engatusarme con sus palabras para hacerme cambiar de opinión (en el caso de que hubiese sido yo la que le hubiera querido dejar).

Estaba muy claro que Segis no quería saber nada de toda la faramalla que convierte una separación en un procedimiento administrativo. No quería oír hablar de peticiones, súplicas, costas, jurisdicciones, ni capitulaciones, sino del archivo de actuaciones en el acto. Obtener la recompensa inmediata, la capitalización del porvenir cristalizada en aquel «Finito, finito».

*

Sandra guarda la hoja fotocopiada a la espalda. La hace desaparecer en los bolsillos traseros de la colorida falda, que un análisis más detallado de la misma permitiría elevar el artesano trabajo textil de la almazuela a la categoría de arte. Y me pasa el brazo por los hombros.

—Loreto, mujer soy, y nada inhumano me es ajeno —sentencia.

Hoy no va a enmendarme. Solo quiere consolarme, porque la vida está por encima de la escritura —dice la dulce voz, tan cerca de mi oído… la lengua rozándome el lóbulo, haciéndome sentir tan viva, y tan frágil, y tan sola… que sin poder evitarlo rompo a llorar y cuanto más me abraza Sandra más viva me siento y entonces más lloro y más viva me siento y más lloro y más viva… y siento deshacerme… y miro a Julio pasándose desolado el brazo por los ojos.

*

El día del turismo

Hace años que no salgo del pueblo. Tengo clavada la espinita de no haber visitado nunca Mallorca con Rita. Mi horizonte, mi porvenir, está enmarcado en el lienzo que alcanza mi vista. Julián se une a mí en la plaza y me muestra un papel doblado en cuatro que extrae cuidadosamente del bolsillo del pantalón de pana.

Leemos: FLANDES AL COMPLETO. CIRCUITO DE CINCO DÍAS.

—Son 13.000 kilómetros cuadrados a recorrer (etimologías aparte, Julián es también un fenómeno con los números). ¿Completo? Lo veo muy difícil, tanto como poner hoy una pica en Flandes —dice, haciendo añicos el papel, como si no fuese necesario dedicarle más tiempo al asunto.

Hace ya varios días que vemos a forasteros paseando por el pueblo a última hora de la tarde. Si tratamos de saludarlos nos resulta imposible entablar conversación con ellos pues todos andan con la mirada extraviada en el cielo buscando no sabemos qué. Quizás, sencillamente, atendiendo al romancero popular:

«Del cielo milagro/ del suelo peligro».

*

Creo que Sandra se alimenta de nosotros dos, de nuestros textos; nuestras palabras, recuerdos y ficciones son para ella una vianda de primera necesidad. Su cara mientras leemos es concentración pura. Los primeros días estaba empeñada en corregirnos, en lograr que puliésemos y decantásemos los textos y para ello nos facilitó un buen número de herramientas y suministró multitud de ejemplos que teníamos que repasar, parafrasear y memorizar en las horas vespertinas, al retirarnos a nuestras habitaciones. Pero creo que ha comprendido —porque es mejor alumna que profesora— después de una semana, que esto es lo menos importante. No se trata de que hagamos carrera en esto (¿qué carrera vamos a hacer con estos ejercicios de escritura recreativos?), no, Sandra ha comprobado que Julio y yo somos plantas, y solo necesitamos agua y luz y que nos hablen y nos hagan un poquito de caso.

Como la biblioteca de la residencia es mínima y lo que hay en ella no me interesa nada, lo pongo en conocimiento de Sandra y me presta una novela de un autor que desconozco: António Lobo Antunes.

Resulta que además de escritora, directora y mentora, Sandra es también prescriptora de libros en Instagram, avalada por una cuenta con miles de seguidores, nos hace saber azorada.

*

«Con los años la muerte se va haciendo familiar. No digo la idea de la muerte ni el miedo a la muerte: digo su realidad. Las personas que queremos y se han ido amputan cruelmente partes vivas nuestras, y su falta nos obliga a cojear por dentro. Parece que no sobrevivimos a los otros sino a nosotros mismos, y observamos nuestro pasado como algo ajeno: los

episodios se disuelven poco a poco, los recuerdos se diluyen, lo que hemos sido no nos dice nada, lo que somos se estrecha. La amplitud del futuro de antaño se reduce a un presente exiguo. Si abrimos la puerta de la calle lo que hay es un muro. En nuestra sangre circulan más ausencias que glóbulos».

Cómo no darle la razón a Antunes, a un pasado que nos parece ajeno, a un futuro cada vez más chiquito. La partida de Segis, inesperadamente, me partió en dos y aunque no se lo llevó la muerte, sino la ventolera o la mala conciencia, o lo que fuese, su partida sí me hizo cojear y enlodó mis recuerdos pasados en común. Pensar en el pasado me dolía, porque lo que me había parecido siempre inalterable –a prueba de balas–, comprobé entonces que tenía la consistencia del talco.

Decidí permanecer en Italia unos días más, antes de ir dando pasos en falso (que es lo que acabaría haciendo). No quería volver a casa y tener que dar explicaciones a todo quisque sobre lo que había pasado. Vagué como un fantasma por las calles de Roma, tan ajena a mi voluntad que el destino me condujo a la recoleta cripta de los capuchinos. Si no había tenido huesos de sobra en Norchia, aquí los huesos no eran solo los de los frailes momificados, sino que las rabadillas se transformaban incluso en ¿relojes de agua? Otros huesos asemejaban la esponja o la lanza de Cristo. A mi alrededor había tibias, fémures, prácticas calaveras en las que quise vaciar la arcada que iba a liberarme del vómito, escurriendo los spaghettis: correosos gusanos filiformes por las corvas y la nariz.

Cogí la calavera con la mano izquierda. Las cuencas vacías a la altura de mis ojos. Y sin pensarlo dos veces, convertida en un mar de dudas, el diálogo hamletiano brotó incontinente de mis labios sin poder refrenarlo:

¡Ay! ¡Pobre Yorick! ¿Qué se hicieron de tus burlas, tus brincos, tus cantares y aquellos chistes que animaban *la mesa con alegre estrépito? Ahora, falto ya de músculos, ni puedes reírte de tu propia deformidad...*

A mi alrededor, los turistas formando un círculo (conmigo en el centro) miraban la escena con asco y repulsión, aunque no podían ni querían, apartar los ojos ni de la calavera ni de mi triste figura.

Al devolver la calavera al osario común una palmada dio paso a la siguiente y en pocos segundos todos los presentes (un nutrido grupo de japoneses) estaban aplaudiendo. Si quiero que el relato no se aparte un ápice de la verdad, he de decir que esto no sucedió exactamente así: nadie aplaudió. No porque aquel improvisado teatrillo no les gustara, no, porque sé que les encandiló, sino porque todos estaban grabando con sus móviles (en aquellos años del tamaño de un ladrillo) y nos es imposible (antes y ahora) dar palmadas con una sola mano.

El padre Salverio, un apuesto cura clavadito al pájaro espino, cuyo hábito estaba impregnado del olor mezclado de humo de tabaco e incienso y cuyo hálito era la emanación de vapores de menta y hierbabuena, en un modélico castellano, me recriminó mi acción por su indubitable bizarría escatológica. Al mismo tiempo se congratuló de tener delante a una actriz tan solvente, tan capaz de meterse en el papel, y de resultar tan convincente. Él amaba a Hamlet con cada fibra de su ser y la escena con Yorick le había removido tantísimo por dentro que había decidido incorporar mi escenita (si contaba conmigo en el papel muchísimo mejor) a la visita guiada a la cripta a partir del día siguiente.

*

Ver reír a Sandra me sorprende. ¿Se ríe de mi escritura? ¿Se ríe de mí? ¿Lo hace de ambas? Por lo general mantiene en el curso un semblante de seriedad inalterable. Por eso la risa franca de hoy me ha descolocado durante mi lectura teatralizada. De hecho, he perdido varias veces el hilo y he tenido que releer dos veces el monólogo hamletiano. Creo que Sandra lo hacía adrede, porque en ese punto se reía con ganas, hasta desbordarse en lágrimas. Y si la risa ajena unas veces nos mosquea y otras nos alegra –según cómo tengamos el día–, por verla reír así hubiera estado dando la matraca con Hamlet hasta el Día del Juicio Final.

Me resultó entonces patente algo que había leído:

«Que el sentido fundamental e inmutable del teatro es que nos purga de algo».

Y todos deberíamos saber ya que no hay mejor purgante que el humor.

*

El día de los difuntos

Julián insiste en contar conmigo en la visita al cementerio. Me resisto mínimamente. Por un lado, no quiero ir a ver la tumba de Rita, puesto que ya acudo casi a diario, sin seguir el dictado de las fechas señaladas. Pero por otra parte sí me apetece acompañarlo. Julián lleva un ramo de flores silvestres recogidas por los caminos antes de nuestro encuentro: orégano, tomillo, romero y margaritas. Yo voy de vacío. A Rita no le gustaban las flores en vida. Dudo que las eche a faltar en el más allá.

Se planta frente a la tumba de sus padres y hermano pequeño. Los tres disfrutando de la vida eterna en un aparatoso panteón. Los humanos seguimos empeñinados en querer marcar las diferencias y hacernos notar aún después de muertos, ya reducidos a huesos o cenizas. Son pensamientos que me reservo. Julián reza un padrenuestro y una avemaría. Muevo los labios a su lado. Musito más que oro.

Me cuenta Julián que en los últimos años Genara no dejaba un velorio sin visitar. No es que así lograra cogerle las medidas a la muerte ni mucho menos, pero en aquellos rostros inexpresivos encontraba algo muy parecido a la paz de espíritu, le dijo en más de una ocasión.

Como Genara quiso ser incinerada, Julián no tiene ahora adonde ir a rezarle. Y esto le pesa como una losa.

Cumplido con el deber, recorremos luego el cementerio enterito.

—Doscientos cuarenta y ocho muertos. El doble de los censados hoy en el pueblo —dice Julián cabizbajo.

Lo miro y veo el rostro de un sobreviviente.

*

A la vista de cómo nos hemos ido soltando, de lo bien que hemos interiorizado el espíritu del curso, de lo innecesario que resultan las observaciones, las correcciones y los subrayados, y ante la evidencia de contar con dos alumnos modélicos (o sencillamente —y esta creo que es la opción más plausible y menos peliculera— porque Sandra no cobra un euro por el curso, o bien porque no hay manera de hacer carrera con nosotros), los días siguientes nos dedicaremos a leer nuestros escritos. Ella estará presente en calidad de oyente. Pensemos en una observadora internacional de la ONU obligada a intervenir solo si las circunstancias son gravísimas, como un genocidio, por ejemplo. O ni por esas.

A Julio y a mí nos parece bien la propuesta de Sandra, aunque sé que Julio lo dice con la boca pequeña, arrugando el morro, porque es muy evidente que se ha acostumbrado al cálido reconocimiento diario, a las palmaditas en el hombro, al engorde de la insaciable autoestima, en definitiva: a gustar.

Antes de concluir su labor como profesora y hacerse a un lado del camino, Sandra quiere leernos algo que ha escrito para nosotros dos, con todo el cariño del mundo, e incluso es capaz de representarlo componiendo un corazón perfecto con los índices y los pulgares:

> *Borges nuestro que estás en el cielo*
> *la Biblioteca sea su molde*
> *santificadas sean tus Obras*
> *vengan a nosotros tus Lecturas*

como tu Sagrada Escritura
y hágase tu voluntad en el Poema
como en el Cuento
y danos hoy tu Prosa de cada día
perdona nuestras Erratas
como también nosotros perdonamos
las de nuestros esforzados escritores
y no nos dejes caer nunca
nunca, nunca jamás
en la tentación de no leerte
y líbranos de la mala Literatura
que tan a menudo menudea.

Por cómo Julio me mira sé que no ha leído nada de Borges. Yo lo intenté dos veces con *El Aleph* y no entendí nada, a pesar de que es un relato cortito y creo que también infinito. Pero aplaudimos de tal manera el poema (o la oración) de Sandra que ella está convencida (o finge muy bien) de tener presentes a dos acólitos borgianos/borgesianos.

Los ojos vidriosos, la manifiesta alegría en los rostros, los tres cogidos de las manos haciendo un corro, devenido vórtice y en su giro elevándonos. Pregunto: ¿merece una estampa tan bella ser mancillada con la sinceridad, siempre tan sobrevalorada y a menudo tan falseada?

*

No podía abandonar Roma sin pasear por la Plaza de San Pedro, sin visitar la Basílica, sin subir a la cúpula. Me envalentoné y decidí no coger el ascensor. Siempre me he sentido más joven de lo que de mí dicen mis años. Anclada me quedé mentalmente en los cuarenta, sin acusar mi mente (mi cuerpo sí) los zarpazos del tiempo, pero el tramo final de la escalera era de caracol e iba sin mirar al frente, sin lograr apartar la vista de la puntera de mis zapatos faltos de betún, sometida por el esfuerzo. Y la señora que bajaba tampoco advirtió mi presencia, de tal manera que de re-

pente nos quedamos emparedadas, emulsionadas, sería la palabra exacta.

Ni yo podía ascender, ni ella descender. Parecía una toma falsa de Amarcord *y ahí estaba yo tratando de respirar entre los voluminosos pechos de la mujer, en la bolsa de aire creada en el canalillo. Era imposible determinar dónde terminaba ella y comenzaba yo. O al revés: dónde comenzaba ella y terminaba yo, que me iba viendo en las últimas. Finalmente, no sé si algún vigoroso miembro de la Guardia Suiza del Vaticano o cualquier otro turista, tironeó de nuestros brazos y piernas en sentidos opuestos y consiguieron separarnos.*

Proseguí luego mi camino resoplando hasta llegar a la azotea.

ECCE CRUX DOMINI FVGITE PARTES ADVERSAE VICIT LEO DE TRIBV IVDA, salmodiaba un hombre pelirrojo que a perro mojado olía y tenía la mirada perdida en algún punto indefinido de la plaza, frente a sí. Su fealdad, además, era dañina. Y lo digo yo, que sinceramente nunca he sido una beldad ni una sílfide. Me aparté del hombre para dirigir mis pasos hacia la multitud. Era imposible maniobrar, y después de hacer un trávelin con la mirada, la imagen proyectada en mi cabeza no sabía si era la de una plaza fálicotesticular o bien un canal uterino que hubiera parido un castel*: el de Sant'Angelo. Sin recrearme más en pensamientos estériles bajé a la plaza, rebosante de gente, a pesar de no estar el Papa presente, dado que no era domingo.*

Me entretuve contando las columnas. Paré cuando llevaba ciento doce censadas porque me estaba quedando traspuesta. Mi mente es así de prosaica. Me dan igual ovejas que columnas. El efecto es el mismo: una somnolencia de alta intensidad pareja a la narcolepsia. Paré un momento a descansar en la plaza, al pie de un gran obelisco. Al alzar la vista leí:

ECCE CRUX DOMINI...

Una monja negra con hábito blanco me tradujo del latín y me explicó algo acerca del demonio, de las tentaciones, del efecto de la oración, de San Antonio... A medida que la monja hablaba me fui alejando de ella y cogí distancia. No veía un obelisco, sino un falo de piedra hendiendo el clítoris celestial. Sin duda era el demonio el que estaba poniendo sus huevos en mi cerebro, eclosionando al instante con ese tipo de pensamientos inadecuados en mi estrecha mente.

Vagué luego sin rumbo fijo bajo una luz declinante hasta situarme frente a un edificio blanco que parecía una máquina de escribir gigante. Tomé asiento en uno de los escalones y a lo lejos oí un pitido. No hice caso porque Roma es un báratro sonoro. El pitido persistía y lo oía cada vez más nítido. Al levantar la cabeza, pesadamente, como si la tuviera tallada en mármol, vi cómo un carabiniere me hacía gestos con las manos y la cabeza y exprimía entre los labios el pito con tanta dedicación que lo situé en un campo de futbol convertido en un tifoso de la Roma. No podía estar ahí sentada y el agente me conminaba a abandonar la escalinata en el acto. Obedecí.

Al igual que los asesinos siempre vuelven a la escena del crimen (esto lo sé por la cantidad ingente de películas y series que he visionado durante las últimas décadas), así los plantados, y los abandonados, regresamos también a la zona cero de nuestro infortunio.

Localicé la mesa vacía. Ordené un plato de pasta del día: Spaghetti alla chitarra, ragu di seppie e scaglie di bottarga; aunque ya era casi de noche, permanecí allí sentada un buen rato después de haber cenado y abonado la cuenta. Lancé un tontorrón porqué al aire. Fue absorbido por el dióxido de carbono sin ofrecerme respuesta alguna.

Había pasado un día en la ciudad y ya se me había hecho eterna, ¿pero qué (b)Roma era esta?

Crucé el Tíber. En Piazza Spagna comí de postre un helado de avellana sentada en las escaleras, entre la fuente y la iglesia, sin ser apercibida esta vez por las fuerzas del orden municipal. Mordisqueando el cucurucho sentía el aire entrar pesadamente, a regañadientes, como si respirase mercurio y empecé a preocuparme. Un pensamiento impropio de mí, ya que para nada era *hipocondriaca (¡ay, cuánto me habría gustado entonces tener a Julián a mi lado! el amigo de Julio, para explicarme el origen griego de la palabra, e informarme de que existía el hipocondrio, y que la hipocondría era una afección con tristeza habitual: la que experimentaba yo desde que Segismundo, para mí ya Inmundo, me había dado esquinazo) mientras no podía desprenderme de la pegajosa y asfixiante sensación de estar siendo prensada por la recién ¿conquistada? libertad.*

Miré al cielo, vi nubes desleídas, arabescos ininteligibles, y consciente de que mi ruptura con Segis había determinado el acmé de mi vida, pensé sí la delicuescencia sería mi estado natural a partir de ese momento.

*

El día del idioma español

No le cuento a Julián mi proyecto de diario íntimo en curso. Para estas cosas es muy suyo y no creo que le haría gracia alguna verse ahí retratado. Si acaso consigo con estas palabras arrojar alguna luz, por tenue que sea, sobre su persona.

Comenzamos a hablar de todas las palabras perdidas y nunca más recuperadas. De cómo nuestro vocabulario va mermando, de cómo se ve empequeñecido el léxico, de la misma manera que nuestro horizonte vital.

—Almazuela, baldragas, borbolla, botarate, celemín, patatús, vanílocuo, yacija, zaguán, zahareño... no es cierto que solo empleemos un 10 % del cerebro, pero sí un 10%, o menos, de las palabras contenidas en el diccionario. ¡Ay, qué murria me entra al pensarlo! —concluye Julián.

*

Sandra nos deja. No había mencionado su embarazo porque no me parecía un dato relevante sino algo natural. Ha lamentado mucho dejarnos *tirados* a mitad del taller, y ya ha movido unos hilos para que mañana sin falta tengamos un sustituto. La veo preocupada. Creo que la pobre sigue pensando que la vida de Julio está en sus manos y no esconde su pesadumbre, a pesar de que de ella emana la luz de un enjambre de luciérnagas, a punto como está de traer mellizos. Otro detallé que obvié.

Como sé que a estas alturas (o quizás sea más adecuado hablar de bajuras) de mi vida soy incapaz de amar a nadie, pero sí de echar muchísimo de menos, más ahora que estoy rodeada de fantasmas, a medida que van muriendo casi todos los meses algunos usuarios de la residencia, me fundo en un abrazo con Sandra, al que también se une Julio.

Únicamente la pasión por la literatura es capaz de ponernos en bandeja *Momentos estelares de la humanidad* zweigescos como el presente y dejarnos también a solas, más tarde, con *La impaciencia del corazón*, desbocado.

*

No sé qué hice esa noche, ni dónde dormí, si acaso llegué a echar una cabezada. Al amanecer, hurgué en el interior del bolso y encontré las llaves del coche. No me pareció prudente subir a la habitación ante la posibilidad real de toparme con Inmundo. Dentro del auto permanecí un buen rato con la mirada perdida a través del parabrisas. No era una mancha. Había algo en el cristal. ¿Una nota de despedida? ¿Una multa? No quise saberlo. La reduje a cenizas con el mechero del coche.

Volver a España era claudicar. Quedarme en Italia me parecería una travesura a los veinte, una locura a mis cincuenta y pico, pero la consideré la opción menos desfavorable. Hacía años que no conducía. Menos mal que nuestro coche aún no había dado el salto tecnológico y digital y apenas distaba del 850 con el que me había sacado el carné de conducir tres décadas atrás. Arranqué. Metí primera, segunda, tercera. Enfilé una amplia avenida flanqueada por plataneros. Busqué la salida. Me alejé de Roma por la A1 y una hora después vi un cartel en la carretera: «Bomarzo».

Me sedujo el nombre. Y no por su eco literario sino porque me sonaba a mes italiano.

El reclamo de la ciudad era el Parque de los monstruos. Visualicé un parque de atracciones. Pagué la entrada. Era un parque privado. Pululaban familias con niños, parejas con perros, abuelos nórdicos, y una mujer extraviada, despeinada, desaseada, desnortada...

Tenía delante un gigantesco cabezón de piedra. Dos ojos, una nariz con sus dos narinas, una boca gigante abierta y debajo del inexistente labio: dos paletos. Era la casa del terror en piedra. En el interior había una mesa. Me senté en ella. A pesar de no haber bebido nada en toda la noche y en lo que llevaba de día, lloré como no había llorado nunca; sería que los insondables bloques de hielo de mi alma comenzaban a deshacerse. Lloré con ganas y mucho sentimiento. Y con tanta insistencia que devino en resentimiento hacia la humanidad; empezando por Inmundo.

Mis lamentos no hubieran tenido igual sonoridad de haber hecho uso de la megafonía; expelidos por las fosas nasales, por los ojos, por cualquier oquedad. Era el mío un lamento derramado por el bosque con la omnipresencia de la niebla. Los niños agarraban temerosos las manos de sus progenitores, las parejas se alejaban de la gruta, de mí ser endemoniado. Convertido el espacio físico en un infierno sonoro. Los mayores convertían los tacatacas plegables de aluminio en improvisados autos de choque, colisionando entre ellos en su fuga, y sin atinar a coger el sendero que los librase de mi mal. Me sucedía lo mismo cuando roncaba. Al no oírme, solo podía ver el efecto de mi roncar en los demás: en Segis metiendo codos en mi costillar. El retorno de mi llorar eran caras ganadas por el miedo y la congoja.

Una niña pelirroja al pasar por delante de la escultura gritó:
—Ogroooooooooooooooooooooooooooooooooooooooooo.

No me daban las fuerzas para levantarme de la mesa e ir a darle un buen susto a la niña, toda vez superada la línea roja de la mala educación, y por muy reprensible que fuese mi aspecto: parejo al de la bruja Ciriaca después de haber sido cachiporreada por Gorgorito.

Cuando salí de la escultura, gruta, o lo que fuese aquel engendro de piedra, comprobé que la cara era la de un ogro. ¿Era Platón el que dijo que los sentidos nos engañaban? ¿El que dijo también que lo que es no puede dejar de ser, que lo que es siempre será y, entonces, aún no es lo que es o está dejando de ser lo que es?

Sea (o no sea) como fuera (o no fuera), las esculturas eran enormes y grotescas. Un Neptuno por aquí, un perro gigantesco por allá. Muy lejos del orden racionalista impuesto en los jardines en los que vemos cortados los setos con escuadra y cartabón, aquí reinaba la voluptuosidad, también algo impetuoso y caótico, manifiesto en la naturaleza feraz campando a sus anchas y cubriendo la piedra.

Miraba a Neptuno. Lo veía como uno de esos pobres náufragos cubiertos de algas, vomitando peces y cáscaras en la arena. O un Dios cubierto de musgo: el verdín del tiempo.

*

El día más triste del año

Sin pegar ojo durante la noche,
cuando llega la mañana
medio atontado ando,
la atención distraída.
Las gotas de lluvia golpean el cristal
sin ver atendido su reclamo.
Zarandea el viento las ramas
de los árboles con saña.
Lo veo todo a través de la ventana:
televisión siempre encendida
que me conecta con el afuera.
Pero toda esta furia externa
y tan ajena a mí,
¿por qué consigue enervarme?
Marchó Julián a la capital
y el día de hoy,

en esta soledad sin paliativos
es un erial de horas sin propósito.
Siento que estos pensamientos
son una música que viene de afuera,
y aunque intentara taponar los oídos,
moran ya dentro de mí,
me obligan a aprenderme
el estribillo, a mover
los labios, a ver reflejada
mi faz de alma en pena
en el cristal.
Ojalá,
el calendario siga
su decurso,
y la tristeza se vaya
por donde vino.

*

El sustituto de Sandra es un tipo canijo y esmirriado. Pelo largo recogido en coleta y vaqueros raídos por los que asoman unas rodillas peludas que repelús me dan al verlas. En la cara, tostada por un sol de rayos uva, va troquelada la decepción, cuando ve que en el aula solo hay tres personas, incluido él.

Mi padre —el bueno de Gervasio—, muerto de un exceso de lucidez según el boticario del pueblo, siempre me dijo que no me fiara nunca de los hombres con coleta. Sé que es muy difícil, por no decir imposible, hacer caso omiso de las frases lapidarias de naturaleza oracular en el entorno familiar, pero no permitiré que los prejuicios agoten —de buenas a primeras— el crédito humano que le debemos a toda persona, independientemente de cuales sean sus atributos capilares.

*

La inconsciencia es el fundamento de la vida, en palabras de Pessoa. No lo tenía nada claro después de llevar varios días vagando como perdiz volandera.

Ha pasado tanto tiempo que hoy los recuerdos se me embrollan y me cuesta mucho mantener la lógica de una cronología. Lo único claro es que brujuleé por la península itálica a mi antojo, llevando mi libertad —o mejor, mi inconsciencia— hasta el límite, cuando al poco de dejar Bomarzo, y no advirtiendo que la reserva de gasolina llegaba a su fin, el coche me dejó tirada.

No había recorrido ni cinco kilómetros cuando paró en el arcén un camión que transportaba animales vivos: cerdos para más señas. La conductora se ofreció a llevarme. Ya acusaba la fatiga y había sido la única oferta que había recibido durante la hora que me había jugado la vida caminando por el escuálido arcén.

La simpatía y explosiva gestualidad (moviendo las manos sin cesar) de la mujer venció mis tibias reticencias. El olor dentro del cubículo era hedor puro. Pero como ese ruido que ni tapándote las orejas logras mitigar, aquel olor tan inenarrable como vomitivo, ni obturando las narinas con el índice y el pulgar tampoco desaparecía.

A la conductora le resultaba gracioso ver dibujado en mi rostro el mal rato que estaba pasando. Me entregó un trapo sucio para cubrirme la nariz que olía todavía peor que el nauseabundo aire. Me armé de valor y decidí enfrentarme a la realidad a pecho, o a nariz descubierta. Le devolví el trapo. Después de un buen rato con las ventanillas bajadas la situación pasó a ser medianamente asumible.

Me costaba hacerme entender con ella. Apenas pude ir más allá de decirle mi nombre, nacionalidad y edad. El estado civil fue un tema que obvié porque sería como situar un cilicio en mi espalda y no tenía el cuerpo ni los años para penitencias.

Ella dijo la palabra 'autista', también que su marido estaba muerto. Me mostró orgullosa su arma «bipennis». Parecía un hacha de doble filo y al hacerla girar me cegó, e hizo una mueca, seguido de un chasquido con la lengua. No sabía, con tan parcas indicaciones, si su marido había cascado el huevo; si le había *seccionado ella el cuello, o si el carrusel de onomatopeyas formaba parte de su léxico habitual. Le dije que era una mujer muy corajuda y valiente. Ella, o no entendió, o pasó por alto mi comentario, mientras sus ojos no dejaban de triangular entre la carretera, el hacha y yo.*

Me asusté.

Sabía —en el caso de que las novelas negras albergaran algún poso de verdad— que era muy improbable que una autista fuese una asesina en serie, afanada en destazar a las autoestopistas que recogería en su camión, como si fueran reses (mansa en mi caso). La palabra 'autista' no dejaba de orbitar en mi cerebro sin lograr apartarla del núcleo de mis pensamientos. Aprovechando que a lo lejos apareció el cartel de un autoservicio le pedí que por favor parara. Las manitas juntas de una vestal suplicante.

Me despedí al borde de un almodovariano ataque de nervios. Luego supe que todas las conductoras italianas eran «autistas». Pero el susto no me lo quitó nadie.

*

El día de la alimentación

Rita elaboraba la masa de las croquetas, a la bechamel me refiero. Me gustaba ver cómo la hacía; la manera en la que la masa se inflaba con el calor parecía un ser vivo, respirando. Yo las pasaba luego por harina, huevo y pan rallado. En ese orden. Ahora que ella no está hago yo todo el proceso.

Ayer puse en la olla rápida el agua, el hueso de jamón y de ternera, dos puñados de garbanzos a remojo desde el día anterior, un trozo de carne de morcillo del tamaño de dos puños, una carcasa de pollo, una cebolla y dos zanahorias. Ahora tengo caldo para toda la semana y garbanzos para un par de días. Los comeré rehogados con un chorro de aceite de oliva virgen extra. Con la carne del morcillo desmigada sobre la cebolla que ya tengo pochada, y a la que he añadido tres cucharadas soperas de harina (que una vez cocida he aligerado con medio litro de leche), elaboro la masa de las croquetas. Hoy es carne de morcillo, pero igual apaño las croquetas con huevo duro, jamón serrano, bacalao desmigado, o pechugas de pollo. Son la base de mi rutinaria alimentación.

Julián me aprovisiona de lechugas, tomates, calabacines, pimientos verdes, manzanas, nueces y otros productos de temporada. Cuando no estamos juntos Julián pasa las horas muertas en la huerta, ubicada en la trasera del cementerio. Afirma que su huerta es un vergel. Atendiendo al olor que desprendían las tomatas en sazón que me trajo ayer, no falta a la verdad.

*

No soy una chivata y no pienso decirle al Sustituto (porque con los aires que se da, lo mismo lo habla con Sandra y me expulsa a Julio del curso) que la receta de las croquetas se la proporcioné yo. El pobre estaba pasando un bache, sufriendo un bloqueo: el tan manido vértigo ante la página en blanco. Y lo vi tan mal anoche, con tan poquito fuelle y tan desamparado que no me pareció un rival (aunque tampoco diría: un amigo), y cedí, como hago siempre. Aunque el resultado de su composición veo ahora que no ha sido muy satisfactorio.

El Sustituto no quiere extenderse mucho con las presentaciones, porque él ha venido aquí a currar, a darlo todo y más; aunque la vanidad manda y se pasa más de media hora hablando de sí mismo. Ha ganado varios premios literarios en municipios de cuyo nombre no quiere acordarse, y fue incluso finalista del Nadal, sin especificar el año. Nos lo dice en un tonillo altivo y con tanta suficiencia que me resulta inasumible (y no quiero aquí volver a mentar su coleta, porque desata mis peores instintos, capaz de radicalizarme hasta tal punto de querer llevar a cabo la consecuente *Yihad* capilar; si Julio secundase mi causa, que ya sé que no, porque es un cagazas).

Nos explica, muy relamidamente, que son las emociones, las nuestras, las que han de avivar nuestras narraciones, tanto como nuestros recuerdos, y que hemos de fomentar nuestra inspiración, achicando el espacio entre el pensamiento y la escritura, y que como todo en esta vida, escribir, aunque nos parezca una obviedad, es también una cuestión de práctica, pero que en honor a la verdad, si dentro de nosotros no hay un Genio Creador, vamos, que SI NO HAY MATA, NO HABRÁ PATATA, y al oírlo estoy por levantarme e irme. Pero me quedo.

*

Me preguntaba qué habría pensado de mí la gentil camionera. Si yo daría el perfil de una viajante venida a menos, con miedo a volver a casa y tener que anunciar a los suyos su fracaso, y que decidía por tanto prolongar la estancia fuera del hogar durante semanas, sin querer coger el toro por los cuernos, que en definitiva era lo mismo que venía yo haciendo los últimos días: huir, como si el continuo movimiento fuera capaz de evitarme pensar, capaz de impedir que los hechos posaran, como si al no haber tocado tierra firme aún perteneciesen a los dominios de lo posible, de lo no pasado. Porque ¿cuánto tiempo tiene que transcurrir para que podamos hablar de algo en pasado?, ¿dónde está la frontera del hoy, del ahora, del presente?

Antes de despedirnos se me olvidó comentar que la camionera hizo una llamada. Su diligente primo: Pietro, apareció media hora después en el área de servicio con una grúa. Me llevó hasta mi vehículo, luego a una gasolinera, en donde pude llenar el depósito. Pietro no quiso cobrarme nada y al irse me dio un abrazo y muchos ánimos:

—Sempre avanti —dijo—, mientras alzaba el pulgar de la mano libre. Y antes de poner en marcha extrajo un libro de su guantera, buscó una página en concreto y leyó:

«E 'l santo senne: Acciò che tu asommi perfettamente, disse il tuo cammino».

Solo entendí la última palabra, pero memoricé la frase entera y quisieron los años que desvelara el misterio cuando un día vi reproducida la cita en un artículo sobre Bernardo de Claraval. Supe entonces que provenía del antepenúltimo canto de la

Divina Comedia, *y eran las palabras que Bernardo dirigía a Dante en sus últimos pasos hacia el Paraíso, con el deseo de que Dante pudiera culminar felizmente su camino.*

Hoy me hago la siguiente pregunta: ¿Acaso todos los italianos van por ahí con un ejemplar de la Divina comedia *en la guantera?*

Tras despedir a Pietro me dirigí hacia la costa adriática y recalé en Rímini. No hay playas iguales en toda Italia, al menos en cuanto a su extensión. El paseo marítimo era como la Ruta 66 americana: una recta que se perdía en el horizonte. Pensaba en lo bien que me habría venido en ese momento la Harley plateada de Giancarlo-guía-privado, porque no estaba por la labor de caminar los quince kilómetros que anunciaban los carteles turísticos.

Vi la playa atiborrada por miles de sombrillas y hamacas que me impedían ver la arena dorada. Como nos sucedió en Arenzano, las playas aquí también eran de pago, no como en España, y la zona gratuita —la del vulgo— era como las que se destinan ahora a los perros: un terrón de playa minúsculo convertido en orinal.

Decidida a darme un homenaje estaba dispuesta a abonar lo que fuera necesario para concederme una jornada de playa como Dios manda. Pagué una cantidad que se me antojó desorbitada, y antes de acomodarme en la tumbona me metí para el cuerpo tres mojitos del tirón, porque a medida que bebía más sed tenía y mejor me encontraba. Coger el punto me dejó instalada en un estado de bienestar y levedad insospechado, aunque no dejase de sudar en todo momento, porque a pesar de estar muy nublado, el calor era sofocante y el ambiente estaba cargadísimo.

Mirando a mi alrededor, levemente mareada, la (presunta) arena cubierta por cientos de toallas, me pregunté si realmente estaba en una playa, pues mi escrutinio tan solo me devolvía migajas de arena y jirones de cielo, lo cual me resultaba totalmente absurdo, al encontrarme como ya he dicho, en la playa más grande de Italia. Si bien los quince kilómetros de litoral quedaban reducidos al asedio de sombrillas, tumbonas y toallas, a un opresivo cielo de panza de burro y a gente alrededor vociferando, lo cual me hizo sentir, eso sí, en mi casa.

Me distrajo un señor, un visionario (ahora que lo escribo), cuando le oí gritar:

—¡Meloni, meloni, meloni, meloniiiiiiiiiiiiiiiiiiiiiiiiiiiiiiiiiiiiiii!

En realidad, el mercachifle vendía melones y sandías. Era un hombre musculoso, de piel socarrada y muy atractivo para su edad, o así me lo hicieron creer los mojitos que llevaba encima y la excitación que me inflamaba como el bosque al pirómano.

Las sandías eran gigantes, y al alzarlas, pinchadas como aceitunas gigantescas en los extremos de una vara de madera del tamaño de una pértiga (la ebriedad me volvía hiperbólica), era igualito a los forzudos del circo. Solo le faltaba el mostacho. Lo curioso era que las sandías se le escurrían por los lados constantemente y al echar a rodar por la arena la gente tenía que apartarse, protagonizando ilusionados la mítica escena de En busca del arca perdida.

Esperé el final del numerito de las sandías y cuando abrió un melón, entonces fue que le pedí dos rajas. El melón era dorado y el precio era acorde, pues me salieron a precio de oro. Pero estaba tan dulce y carnoso el melón, y el señor además de musculado y socarrado llevaba una pantaloneta minúscula que realzaba sus pantorrillas hercúleas y su miembro de una manera escandalosa, de tal manera —y a fin de evitar convertirme en agrimensora de tamaña virilidad— que hube de ir al agua con mi cuerpo al fuego vivo.

El contacto de mi cuerpo con el agua provocó una nube de vapor, sin depararme el frescor deseado, porque el agua era pis, como cuando pides agua del tiempo en verano y te la sirven a 30 grados. El mar era un maldito jacuzzi. Nadando más adentro, mar adentro, perdiendo de vista aquella manifestación de alegría exteriorizada en el chapoteo grupal, pensé que el agua estaría algo más fresquita, y cuando me quise dar la vuelta ya no hacía pie y era entonces que podía ver bien la arena, y el cielo negro, cada vez más negro, rompiendo a llover y de repente granizando, y yo en el agua haciendo señas para que alguien me viniera a buscar, y todo el mundo abandonando la playa como el que ve llegar un tsunami, y yo allí, sola, con el miedo metido de repente en el cuerpo.

No me quedó otra que serenarme, poner los brazos en cruz y hacer el cristo en el seno de agua, flotando estérilmente sin que nadie advirtiera mi presencia. La buena noticia era que no había corrientes, ni resaca, y el mar parecía un acuario, además de un jacuzzi, como ya he dicho. El alcohol en sangre me hacía perder el sentido de la orientación, aunque mi salvación estaba muy a mano, y consistía en nadar poco a poco hacia la orilla, y no la de una cala minúscula, sino la de una playa, y no me cansaré de decirlo: ¡¡¡de quince kilómetros de larga!!!

Me costó mucho llegar a la orilla al tener que ir esquivando los proyectiles celestiales. En la tumbona me derrumbé exhausta. Pensaba que de no haber logrado volver, en el caso de que hubiera muerto ahogada, habría corrido la misma mala suerte de muchos migrantes: pobres argonautas modernos que van hoy en busca, no de un vellocino de oro, sino de la dorada esperanza de una vida digna; aunque nuestras motivaciones hubieran sido claramente distintas. Pero así, aleatoriamente, están repartido los sinos en esta casa de locos que llamamos Tierra.

Entreabrí los ojos al oír una voz que no parecía ni conversación ni canto:

> *Marexil burrudixe formyDinkortliz, Tradium, Merondor, Irkymur, Irimirikabrao… Marexil burrudixe formy Dinkortliz, Tradium, Merondor, Irkymur, Irimirikabrao… Marexil burrudixe formy Dinkortliz, Tradium, Merondor, Irkymur, Irimirikabrao…*

El hombre —si lo era— no reparaba en mi presencia, volviéndome invisible con su indisimulada indiferencia. Pero alargó la callosa mano y yo, a quien la generosidad me brotaba ahora sin esfuerzo alguno, deposité en su palma una moneda de dos euros. La miró, la mordió, la posó sobre el párpado cerrado del ojo derecho. El izquierdo era una pequeña abra de carne sin pupila y

se fue. Luego supe, muchos años de lecturas después, que lo que
quería aquel fulano era que le vendiese mi alma.

¿A cambio de qué? ¿De sacar al desalmado Inmundo —más
Cactus que Margarita— del Inframundo?

De repente cesó la tormenta. Se disiparon las nubes. El azul se
proyectó en la pantalla del cielo. Me dormí. Al despertar vi cómo
los últimos rayos del día me devolvían la imagen de un sol que al
desangrarse moría en el horizonte, en el regazo de un mar manso
en apariencia, aunque es bien sabido que letal en el fondo.

*

El día de las islas

Soñé que viajaba en un barco gigantesco. Pensemos en un edi-
ficio flotante de siete plantas. Sonaba un tango en el salón, vicia-
do por el humo del tabaco. Salía a buscar aire a la cubierta. So-
plaban agradables vientos alisios. Una mujer muy joven, vestida
de blanco de pies a cabeza, señalaba con su mano izquierda —en
la que solo había un dedo: el anular— un lugar en el horizonte. Al
acercarme más a ella, escuché.

—La isla del fin del mundo —dijo, tiritando.

De frío no podía ser, luego estaría aterrorizada. Vimos poco
después el contorno de la isla. Lejos de atracar en el puerto, la
travesía continuó. La joven saltó por la borda sin despedirse ni
mirar atrás. Al instante, el barco metió el morro en el agua y el
mar se convirtió en una cascada, describiendo un perfecto ángulo
de noventa grados. La caída mantenía el barco —convertido en
una flecha— en suspenso.

Al abrir los ojos estaba agotado. Me costaba respirar. El acerico
lo tenía empapado bajo la cabeza. Abrí la ventana. Aún era de
noche. Pensé si sería capaz de vivir en una isla, si el perímetro de
agua salada no lo sentiría como un cerco. Las escasas dimensiones
de muchas islas, a mis años, no lo veía como un problema, pues
en el pueblo, y a pesar de estar rodeado de tierra firme allá don-
de fijase mi mirada, mis pasos diarios se ceñían con inexorable

regularidad a una toponimia para la cual no precisaría de la extensión de una isla. Estaba convencido de que me sería más que suficiente con un simple islote.

*

El Sustituto, lo llamo así porque su nombre me importa un bledo, quiere ¿empoderarnos? (y me pregunto yo qué situación vamos a mejorar cuando tenemos las horas ya contadas). Quiere que nuestros textos tengan un carácter estético. Y por eso va a intentar con todas sus fuerzas, y con la mejor disposición de ánimo posible, reforzar también nuestras competencias lectoras –porque la lectura es otra forma de rescate –dice.

El Sustituto tiene en mente: la firme voluntad de generar espacios de reflexión, y el taller va a ser nuestro feudo, también el campo de batalla en el que llevaremos a cabo nuestro continuo aprendizaje, sin hacer ascos para nada a la experimentación, y, por supuesto, a la libérrima creatividad, teniendo siempre muy presente que el lenguaje que manejamos es el instrumento que media entre el hombre y la realidad.

En definitiva, si fuese preciso sintetizar nuestro quehacer en una frase, en un *slogan*, allí estaríamos, ni más ni menos que para conectarnos con nuestra capacidad expresiva.

¿¿¿???

Y ya como colofón, y entiendo que con la falaz idea de animarnos, nos dice que en el taller él no ve viejos, ni gente mayor, ni nada parecido, sino POSJÓVENES entusiasmados que renacerán cada día sobre la página en blanco.

Escucho hablar a un sofista que nos vende retórica al peso, que quiere garantizar nuestro ¿éxito? abaratando el lenguaje. Y no lo soporto, pero me muerdo la lengua y callo.

*

Uno de nuestros sueños como pareja era visitar Venecia. No fue posible en nuestra luna de miel porque Segis, recién casados, al salir de la Catedral por la puerta principal, vitoreado por la enardecida multitud que hizo de la innovación su bandera, nubló su visión con una granizada de garbanzos pedrosillanos que le hizo pisar mal, rodar por las escaleras y acabar con el fémur y el peroné rotos, aunque antes del fatal desenlace fue incluso abucheado por la chocarrera multitud, poniendo ésta el grito en el cielo y coreando: ¡¡¡Piscinaaaaaaaaaaazooo!!!

A Dios gracias no fui arrastrada en su caída.

El viaje lo pospusimos para las bodas de oro, pero nos faltaron quince años de convivencia marital. Sigo aún hoy dándole vueltas a la separación y haciéndome preguntas. Es un runrún que no cesa. Me digo si no nos sucedió como a las ciudades que mueren de éxito, por ejemplo, Venecia. Si no llegamos a un punto en el que teníamos tal grado de entendimiento que ya no resultaba necesario hablar y era suficiente con mirarnos. Comprobé luego que lo que yo llamaba entendimiento era en realidad un caballo de Troya que sutilmente fue colonizando, anulando la voluntad, atrofiando a Segis. Si olvidaba el título de un libro, o de una película, o el estribillo de una canción, o el nombre de alguna localidad en la que habíamos estado de vacaciones, o si la declaración de la renta nos había salido a pagar o a devolver, o si estábamos al corriente de los pagos de la comunidad de vecinos, recurría a mí, y yo suplía al instante su falta de memoria, devenida ya en pasotismo e indolencia.

Sé muy bien que si hablase estos temas ahora con algún nativo digital, este iría un paso más allá en sus razonamientos para hacerme ver que Segis me había convertido, no ya en su agenda y diario personal, sino también en el autocompletar de Google, y lo que es peor: en el Algoritmo que da cuerpo a nuestros pensamientos y deseos.

*

El día contra el cáncer

¿Contra qué?

El Rubio, la Cuerpobueno, el Tarugo, la Tolosabe, el Monte-
zumo, la Escuerná, el Mandrágoras, la Rosa de las Ventoleras, el
Hemisferios, la Morrofino, el Mediohombre, la Luminarias, el
Pocoalcance, la Metomentodo, el Cuadrantes...

Todos muertos.

*

—¡No, noo, nooo y noooo! —clama y exclama soliviantado
el Sustituto fuera de sí.

Una cuádruple negación y además cabeceando, haciendo
la negación quíntuple... infinita. Eso es acabar con un escritor. Es poco menos que darle el detonador al escritor suicida
para que proceda a la voladura de su yo. Si además el texto
de Julio ha sido tachado con dos aspas gigantescas, pregunto:
¿qué naturaleza humana es capaz de hacer frente a semejante
enmienda a la totalidad de su ser?

Mi padre sería analfabeto, nunca salió del pueblo el pobre,
y apenas tuvo ocasión de pisar la escuela, pero los años me
demuestran que iba sobrado de sentido común: la destilación
de la sabiduría. Se lo cedo al Sustituto como aforismo, o como
sentencia (de muerte): la que me gustaría que cayese ahora
mismo sobre el Sustituto, por su perfidia, ruindad y falta de
tacto.

Lo hago por Julio y lo hago por mí. Me abalanzo (en realidad me desplomo) sobre él, con la idea de cortarle la coleta
con un pelapatatas (no encontré nada mejor) que sustraje ayer
en el comedor, pensando que es en el ramillete de pelo en donde se halla el origen de tanto mal. Pero Julio me separa. Su en-
tereza es admirable. ¡Qué hombre, por Dios! (dije ¿cagazas?).
Yo en su misma situación sé que estaría deshecha, llorando a

moco tendido como una quinceañera en mi habitación. Que en estos trances la tristeza sí que no entiende de edades, pero sí de soledades.

El Sustituto demostrará ser un flojo y no le volveremos a ver más la coleta, así que nos quedaremos Julio y yo mano a mano. Hemos decidido, a pesar de todo, seguir escribiendo, porque nos hace mucho bien.

Porque no buscamos el éxito sino la verdad.

*

La siguiente parada después de la atribulada jornada playera en Rímini fue Venecia. Dejé el coche aparcado en Mestre y cogí el tren. Era mediodía cuando al descender por las escaleras de la estación de Santa Lucía fui golpeada por la sustantiva belleza. El espejeante canal, la gran cúpula verde de una iglesia al frente, el ligero puente como una grafía circunfleja a mi izquierda. Sufrí un stendhalazo, por si fuese necesario cifrar y describir aquí la magnitud del impacto visual, pero sin llegar a desvanecerme. Es difícil plasmarlo con palabras, así que avanzo en la narración y estoy ahora en la Plaza San Marcos, a la que llegué siguiendo los carteles amarillos, los cuales lo mismo me encomendaban a izquierda que a derecha.

La marabunta de gente presente en la plaza me alentó a buscar un lugar menos populoso, más silencioso. Sin el mapa a mano no sabía bien dónde me encontraba porque Venecia es un dédalo, también una tela de araña. Tendría ocasión de comprobar más adelante si también era «un opresivo retrete inundado», en palabras de Giorgio Bassani.

Me interné por una de las angostas callejuelas, la cual moría en otra calle más ancha, flanqueada por un canal, a las que denominan «fondamente».

Vi descender de una góndola a una pareja de japoneses y sin apenas pensarlo levanté la mano, con el donaire del que solicita un taxi en la ciudad. Poco después estaba a bordo de tan pintoresca embarcación. De cerca, los once metros de eslora impresionan tanto como su color negro o su aspecto fusiforme, necesario para hendir las aguas con la menor resistencia. La anchura era la necesaria para acomodar holgadamente a dos personas. Y apenas tenía fondo, lo que le evitaría quedar encallada en aguas tan poco profundas o en el caso de que hubiera marea baja.

El gondolero, ataviado con camiseta a rayas blancas y negras y sombrero, se ofreció a cantar una canción: acción que parecía responder a un automatismo. En mi cara debió advertir cierta contrariedad y calló súbitamente.

Siguiendo los principios de la cortesía básica quiso saber de dónde era. Su cara se alegró al oír de mis labios que era española. Guido había nacido en Venecia. Sus padres eran gallegos, oriundos de una pequeña aldea en el interior de Lugo, emigrados al acabar la guerra civil. La cálida voz de Guido, y su castellano macarrónico me hacían sentir en casa, pero fuera de casa, víctima de un extrañamiento teñido de melancolía, como si mi porvenir consistiese en mecerme y flotar sin rumbo, dirección, ni horizonte.

Guido, que enseguida constaté que hablaba por los codos, confesó encontrarse bastante tocado en el ánimo porque la semana anterior había visto morir ahogado a un hombre a escasos metros de su góndola. Lo vio lanzarse del muelle, al lado del Gran Canal, y aunque le arrojaron dos salvavidas, el náufrago (sin naufragio aparente) no pudo o no quiso agarrarlos, y después de estar unos minutos moviendo los brazos, mientras desde las embarcaciones más próximas lo insultaban y se mofaban de él, sin que ningún tripulante se decidiera a auxiliarlo, murió ahogado. El trágico final no se le iba de la mente, aseguraba cabizbajo.

En las noticias supo que se trataba de un joven sudanés de veintitrés años. Le importaba muy poco a Guido si había sido un intento de suicidio o no, porque visto el percal, si no lo hubiera sido, igualmente habría muerto sin verse socorrido por nadie.

Al contarle mi historia, extendiéndome en el jugoso capítulo de la ruptura, se apiadó de mí al instante y se ofreció a ser mi cicerone, a explicarme todo lo que sabía acerca de las góndolas y de la ciudad flotante. La tarea encomendada y autoimpuesta parecía hacerlo feliz. Conocía cada rincón de la isla, y visitaríamos los días venideros otras islas de las que nunca había oído hablar.

Una tarde fuimos a la Isla de San Michele, también conocida como la Isla de los muertos. No había que ser una luminaria para dar por hecho que la isla sería un cementerio (¿no era la muerte los ríos que iban a dar a la mar?). Allí estaban enterradas figuras notables como Ezra Pound, Stravinski o Diaghilev. Me mostró el espacio que el cementerio destinaba a los de su gremio: los gondoleros. Dimos un casto beso en los labios fríos e inertes a la escultura de la bella durmiente. Se mostró distante, indiferente, entregada a su sueño eterno.

Mirando el mar, Guido me contó que años atrás existían todavía las góndolas fúnebres.

—Si fuésemos aves —dijo— veríamos desde el aire la isla como un cuadrado de tierra casi perfecto, mordisqueado un poquitín en uno de sus ángulos rectos.

De regreso a tierra firme, es un decir, Guido, perplejo ante mi mutismo y aparente refracción a la belleza reinante, trataba de sonsacarme. Quería conocer mi opinión sobre la ciudad flotante-la ciudad milenaria-la ciudad inverosímil. Una ciudad capaz de agotar todos los epítetos, y que tuvo incluso su propio calendario, en donde los días comenzaban por la noche y el año lo hacía en marzo.

Y me hablaba de Rilke, de Monet, de Mann, de Nietzsche, de Hemingway; todas aquellas almas sensibles: pintores, filósofos, músicos, etc. que habían caído bajo el influjo de Venecia desde su creación allá por el año 421 d.C. Y también de otros oriundos de la ciudad anfibia como Marco Polo. Me veía obligada entonces a tener que pararle los pies antes de que comenzase a desplegar ante mí su saber enciclopédico, y a relatarme un sinfín de aventuras y periplos náuticos del viajero por antonomasia.

*

El día de las elecciones

Cayo César Augusto lleva ejerciendo como alcalde, a pesar de su imperial nombre, desde hace cuatro décadas. No ha tenido que delegar Cayo la hoja de laureles en sus descendientes, porque su salud de hierro lo mantiene en el trono, imperturbable, como tallado en bronce. Hace tiempo, en nuestras conversaciones, los más mayores añadíamos la coletilla a. C. C., lo cual cada día tiene menos sentido, dado que en el pueblo solo quedamos los que ya estábamos aquí cuando comenzó su legislatura vitalicia. Finalizó la dictadura y al poder se aupó Cayo, primero bajo el paraguas de un partido de centro derecha, más tarde con otro socialista, luego con un partido regionalista y finalmente concurriendo con su propio partido Cayista, rebañando sensibilidades de todo tipo, de tal manera que cada paisano-votante, encontró muy buenas razones para votar su candidatura.

Un buen día, hará más de una década, con nocturnidad y muy posiblemente con alevosía, como si se tratase de un acto de sabotaje a la inversa, vimos que en medio de la plaza había brotado una estatua de hierro de cuarenta pies de alto. Subimos al campanario e hicimos uso de los prismáticos para confirmar que la cara que culminaba la estatua era la de Cayo. Si las malas lenguas achacan a una cabeza grande, defectos como la soberbia, la indocilidad o la ineptitud, nada de esto había en Cayo, cuyo comportamiento bondadoso y disposición plena para echar una mano a quien lo precisase, lo convertía en un ser humano de primer orden, sin duda el más oportuno para pastorear al electorado, sancionada la voluntad popular por la unanimidad en el voto hacia él. Estatua que atendiendo a la majestuosidad y volumen parecía sacada del taller del escultor Narvaiza. Lo más llamativo en la estatua era el cuerpo atlético y vigoroso, que el común desenfreno, acrecido por la erótica siempre asociada al poder, dejaba entre sus conciudadanos y conciudadanas la imagen de un Laocoonte sumamente viril, al que muchos de los espectadores y espectadoras hubieron querido despojar de aquel

atuendo que le daba un aire de labriego y también de alto dig-
natario, para verlo como Dios lo trajo al mundo.

*

Otro día, callejeando, cruzamos el Ponte dell'Accademia, esquivando las varillas de los paraguas de los turistas asiáticos que
usaban el artilugio como un arma las cuatro estaciones del año,
protegiéndose de ese modo tanto de la lluvia como del sol. Pero
poniendo en riesgo a quienes nos veíamos obligadas a compartir
la estrechez de una calle, o el mínimo espacio de un puente, como
era el caso.

Entramos en la Galleria dell'Accademia. Guido me hizo situarme delante de un lienzo. Él miraba el cuadro y me miraba
a mí, como pidiéndome explicaciones. Era una situación tan su-
rrealista que no podía menos que reírme. Guido a punto de perder
los nervios me comentó que la señora que nos miraba desde la tela
era Rosalba Carriera.

—Un pulmón daría —dijo— por tener un retrato hecho por ella.

El talento de Rosalba lo evidenciaban otros retratos como el
del Fanciullo: un mozalbete, o el de una mofletuda señora mayor.
Me habló de Rosalba con énfasis. Pensé que con su empeño y afán
divulgador trataba de colmatar la fosa de olvido al que había sido
condenada la artista. Al verlo tan entusiasmado me dejé arrastrar
por todas las salas, atenta a sus prolijas explicaciones y por vez
primera disfruté en el interior de un museo sin haber pisado la
cafetería, que todos sabemos es hoy el rincón de los museos más
frecuentado, y a menudo el mejor valorado por los turistas.

Y si en las ciudades a menudo no reparamos en el cielo que pen-
de sobre nuestras cabezas, ni vemos tampoco las estrellas, bien por
desidia o por imposibilidad, como resultado de la contaminación
lumínica, de la misma manera nos es imposible al caminar por
las ruidosas calles urbanas tomar conciencia de nuestros pasos. En
Venecia, por el contrario, debido a la ausencia de coches, motos,
autobuses e incluso bicicletas, cuando caminaba sola, oía sin apenas
esfuerzo mis pasos y los de los demás transeúntes. En callejones sin

salida o desiertos, las pisadas mudaban en sonidos extraños, y entonces, sin sentir miedo, sí experimentaba cierta desazón al percibir la presencia de los demás como algo real, corpóreo, con entidad, y no ya como simples turistas esporádicos cruzándose en mi camino.

Cuatro semanas pasé en la agradable compañía de Guido. Su ofrecimiento de hospedaje, el mismo día en que nos conocimos, lo acepté de buena gana, pues pensé que rechazar su oferta hubiese sido una traición a la buena educación. Nuestro acuerdo amistoso nacido tan de repente, preñado de afecto y comprensión desde el comienzo, estuvo a punto de dar paso a algo cuya naturaleza era distinta de la amistad. Chapada a la antigua como era, y como sigo siendo, hube de recular una noche en la que después de cenar (no recuerdo qué, porque me encontraba en una nube y creo que camino del séptimo cielo) y después de tomar varias copas de vino, los vivarachos ojos de Guido me miraban impacientes al otro lado de la mesa.

Era la suya una mirada, a pesar del deseo que sé que lo consumía, dirigida a mi alma.

> Come segue la lepre il cacciatore
> al freddo, al caldo, alla montagna, al lito;
> né più l'estima poi che presa vede;
> e sol dietro a chi fuge afretta il piede.

> Así haga frío o calor el cazador
> va tras la liebre, a través de montañas y valles
> mientras escapa de él desea darle alcance
> y cuando la coge ya no hace caso de ella.

Guido me recitó a Ariosto, menos furioso que Orlando y mucho más emocionado. Palabras que para él ejercían de cortafuegos a sus pasiones y anhelos —dijo. Pero sabedor de cuánto necesitaba yo dormir acurrucada, no se despegaría de mí durante toda la noche, para disfrutar, aunque solo fuese por unas horas del benefactor amparo carnal del que hablaba Julio en su diario.

*

El día de la biodiversidad (sonora)

El amanecer y los ladridos de los perros es un todo indisoluble. Ruido o matraca sonora proveniente de distintas direcciones. Pienso en la táctica de un ejército en maniobra envolvente. Los imagino atados, desesperados, dando arreones a las cadenas, buscando la libertad, lanzando sus lamentos y ayes al aire, requiriendo una ayuda que caerá en saco roto. Es un pensamiento que he de desdecir por la observación, ya que los perros campan a sus anchas por el pueblo y cagan donde les place, y corren libres, veloces y alegres, moviendo los rabos detrás de los vehículos de los cazadores.

Los gallos aportan asimismo agudas notas musicales marcadas por la fugacidad, tiñendo de rojo el alba.

Suena la sinfonía de los cencerros de las vacas en las laderas, quien sabe si reverberando de valle en valle.

Zumban las moscas en el cristal buscando la salida del laberinto doméstico.

El claxon del tempranero pescadero en la plaza, hoy martes, me es tan molesto en su estridencia como el zurrido de las perdices.

Informado Julián por mí de qué día celebremos hoy, me monta en su Dyane 400 y me lleva de ruta. Haremos a lo largo del día tropecientas paradas, y donde no llegue el coche lo harán nuestros pies. En cada pueblo Julián me hablará de que tal o cual árbol es singular.

No sé si dentro de unos años seré capaz de retener algún nombre. Por eso los apunto aquí: El Moral de Jubera, el Cerezo de Chorrato, el Serbal de Oliván, el Castaño de la Nisia, el Tamariz de Matacanal, el Álamo de las tres guías...

*

Convertirme, en contra de mi voluntad, en una trotamundos era algo a lo que me estaba haciendo a la idea muy lentamente, como cuando me compré las progresivas y pasaron varias semanas hasta que logré enfocar en todas las distancias y sentirme cómoda.

Disfrutaba de la libertad de moverme sin rumbo, espasmódicamente, recorriendo el centro y norte de la península itálica a mi antojo. Y más que una vaca sin cencerro tenía a veces la sensación de estar volando, aunque sentía hacerlo hacia atrás, como los colibríes. Y en mi deambular, para más inri, seguía los dictados de mi corazón, yo, que siempre había sido una negada en el colegio con la ortografía.

El siguiente destino fue Bérgamo. La improvisación en la elección del destino al salir de Mestre me condujo a última hora de la tarde a un albergue. Me las vi y me las deseé para encontrarlo. Una vez en Bérgamo comencé a dar vueltas con el coche por rotondas y circunvalaciones clónicas.

Al seguir las señalizaciones de los carteles, continuamente era expulsada del centro de la ciudad. Finalmente, en el arcén de una calle presuntamente desierta, ya de noche cerrada, aunque no serían ni las once, oí el ruido de unos nudillos en la ventanilla. Vi un hombre desastrado, barbado y orondo, de cara elefantina, al que la melena grasosa le tapaba el resto de la cara. Bajé la ventanilla mínimamente y le pregunté por el albergue. Abrió la puerta con brío y se situó en el asiento del copiloto sin pedirme permiso y comenzó a darme instrucciones con las manos: era el lenguaje corporal propicio, trompa como estaba, e incapacitado para articular palabra alguna inteligible.

Volvieron a desfilar delante de mis ojos, ya nublados por el kilometraje y la oscuridad, varias rotondas más. Pasamos por delante de un estadio y cuando el señor me instó a parar, empleando las manos, como un director de orquesta dando fin al concierto, delante estaba el albergue. Agradecí con un billete de cinco euros, dispuesto cuidadosamente en el bolsillo de la ajada americana, la generosidad de mi salvador, de aquel Ganesha mendicante. Una retribución a todas luces insuficiente para recompensar el gran favor que me había hecho.

Quedaban plazas disponibles en habitaciones con baño compartido. Era una mochilera viviendo a los cincuenta y muchos años lo que no había experimentado de joven. Desde la ventana de la habitación, tumbada en la litera superior oía ruidos y pedía al Señor que no fuesen chinches, mientras veía a lo lejos parte del trazado de la parte antigua de la ciudad: las murallas y las iglesias iluminadas.

Había jarana en el comedor del albergue, contagiosas risas, batir de palmas, animadas conversaciones, acordes de una guitarra, pegadizos estribillos... pero mi cansancio era mayor que todo y caí dormida apenas mi cuerpo encontró acomodo en el blandurrio y pestilente colchón.

*

El día de las energías renovables

Ni solar
    ni eólica
        ni hidráulica
            ni térmica
                ni mareomotriz
                    ni biomasa.
La única energía renovable
        es
           el amor.

Amor: motor de la humanidad, corazón del planeta tierra.

Si no hay amor, el planeta para, colapsa, y entonces sí, llega el apocalipsis.

Entre la nada de la que venimos y la nada a la que regresaremos, en este breve lapso que es la anomalía de nuestra existencia, el único sentido a este sindiós es el amor.

Cuando Rita murió yo pasé a ver el mundo en blanco y negro; en un solo canal; regresé a la carta de ajuste; al presente de un pan sin sal; verdegueando en mí, ya para siempre, la soledad y el aburrimiento.

*

En el desayuno, el políglota Andrea, el encargado del albergue, me habló del Lago de Garda. Me lo refirió de tal modo, me lo hizo tan apetecible (como las palabras que menudean en las fajas-pantalón que ponen ahora en las cubiertas de las novelas, según las cuales, la mayoría serían obras maestras, como tuve ocasión de ver con las novedosas novelas que trajo Sandra para aumentar los fondos bibliográficos de la residencia, poco antes de su partida) que se convirtió en una visita inexcusable. Decidí entonces no visitar la ciudad alta de Bérgamo y dirigirme sin demora alguna al Lago de Garda.

El cielo raso era la promesa de buen tiempo. La carretera que bordeaba el lago pasaba por Sirmione e hice una parada. Vi la localidad a bordo de una embarcación. Al ser una península alargada que se hendía en el lago como un cuchillo jamonero en la carne rosada estaba rodeada casi en su totalidad por agua. Mirase donde mirase sólo veía a Guido, manejando el remo de su góndola, haciéndome comprensible su mundo y mejorando el mío.

La belleza del sitio se vio empañada por la negritud de la melancolía. Entendí entonces lo que leí en su día, algo así como que la melancolía era la añoranza de lo sublime; melancolía que dejó en mi corazón los amargos posos de la tristeza.

No presté mucha atención a las explicaciones de la guía. Luego visité las Cuevas de Catulo, las cuales requerían un sobreesfuerzo para la imaginación. Era menester reconstruir el trazado original teniendo como referencia cuatro piedras en donde antaño estuvieron los cimientos.

> ¡Con quale gioia e felicità ti rivedo Sirmione, gioiello delle penisole e delle isole, fra tutte quelle che il duplice Nettuno accoglie nei chiari laghi e nei vasti mari!

No seré yo quien le quite a Gaius Valerius Catullus, aún menos tratándose de un poeta, sus elevados pensamientos estéticos en relación con Sirmione. Si a él le pareció una joyita en su momento *pues que así sea, pero era evidente que del esplendor de aquella Villa Romana quedaba muy poquito en pie.*

Por otro lado, Catulo, y esto lo supe muchos años después de mi visita, no guardaba relación ninguna con esta villa, aunque le hubieran endiñado su nombre, dado que la villa se remontaba a la era augustea, vigente siete décadas posteriores a la muerte de Catulo.

Sirmione era un hervidero de turistas, y yo una más, por mucho que me quisiera situar en la elevada categoría de trotamundos o vagamundos. Cogí el coche. Seguí la carretera e hice una parada en Saló. Sentía curiosidad por visitar la que había sido la República Social Fascista de Saló entre 1943 y 1945 con Benito Mussolini al frente.

En la nave central del Duomo el reclamo era un Cristo de madera de gran tamaño ubicado delante del altar. Pocas imágenes religiosas han logrado suscitarme tal sentimiento de piedad como aquella. El descomunal tamaño, sin duda tenía que ver con dicho sentimiento, pero había algo en el rostro del crucificado, ladeado hacia la izquierda, que transmitía paz, a pesar del calvario al que se había visto sometido. Los clavos en los pies fijaban uno sobre otro a la cruz. En las manos, la ausencia de muchas falanges, en las que el tiempo evidenciaba cómo había dictado su sentencia sobre la madera, la herida en el costado, los agujeritos en la madera, extendiendo la nada por todo el cuerpo, reforzaban en mí el referido sentimiento piadoso, a la vez que evidenciaban la magnitud del calvario y el sacrificio sufrido, en aquel diálogo imposible entre la serenidad y la agonía.

Visitar un templo religioso siempre es viajar en el tiempo. Fuera del Duomo el presente bullía en las terrazas y heladerías, en las corrientes humanas afluyendo por las calles peatonales, en el sol que al mediodía ganaba la batalla, de calle, a las sombras. Paseando por las calles bien provistas de elegantes comercios, visitando el anfiteatro frente al mar, en donde moró el poeta D'Annunzio, respirando el aroma de las buganvillas, embelleciendo estas las fachadas de las villas y culminando el paseo en las arcadas del Palazzo del Podestà, lamenté no tener a mi vera a Guido, sin embargo, Saló, lejos de lo que me temía, logró avivar mi espíritu, y devolverme un asomo de alegría, e incluso una pizca de buen humor.

Tomé asiento en un café. Disfruté de una cerveza tostada y fui ojeando las páginas de La Repubblica. El agua del lago se me ofrecía al levantar los ojos del periódico tan beatífica como el tiempo, proporcionándome un episódico placer que no quería ver desdicho en dolor ni en inquietud al acabarse.

*

El día de los objetos

Al morir Rita me costaba horrores desprenderme de sus cosas. Después de tantos años de convivencia era difícil establecer sobre ellas una propiedad clara: qué era suyo y qué era mío. Las casas de los pueblos se convierten con el paso del tiempo en museos etnográficos. Por más que lo intenté y quisiera hacer limpieza, sigo hoy rodeado de toda clase de objetos. Pienso en ellos y me siento cercado. Sé que me vendría bien y calmaría mucho mi ánimo el dejar la mirada limpia, ascética, reposando tan solo en cuatro paredes, un techo y una cama.

Algunos de estos objetos: el reloj de pie del salón, o la chimenea, cuyo tiro he de alimentar sin falta, estaban ahí cuando yo nací, y sé que seguirán ahí cuando ya no esté.

Por mucho que se hable hoy de la obsolescencia programada, el final de estos objetos vendrá de mi mano, cuando decida arrojarlos a la basura. Sé que hacerlo sería tanto como desprenderme de la memoria que los mismos atesoran. Las prendas de Rita guardan aún su olor, y quisiera también su calor, para encontrar en ellas, al menos, un tibio abrigo.

*

A Bérgamo le sucedió Torino. Protegida de la impiadosa luz solar, la monumental paliza que me di andando, creo que me permitió recorrer una buena parte de los dieciocho kilómetros de soportales en el haber de la ciudad. Ya en harina, hubiese hecho andando el paseo hasta la Basílica de Superga. Pero seguí la acertada recomendación del camarero (que me sirvió la ineludible bebida torinesa: el bicerin. Un perfecto maridaje de café, chocolate y nata montada, en una cafetería propia del imperio austrohúngaro) y cogí el tranvía 15. Era un coqueto tranvía rojo y blanco, con puertas de madera que subrepticiamente me condujo a la basílica, emplazada en una colina, a 672 metros sobre el nivel del mar.

El promontorio brindaba la panorámica no solo de toda la ciudad de Torino, sino también de los Alpes. Regresé andando. No llevar ninguna idea en mente en cuanto a qué visitar o qué ver, y asumir el destino como un origami me regalaba continuas sorpresas, agradables en su mayoría.

Buscando la orilla del río Po me interné en el Parque de Valentino. Sentí que hubiera abierto una puerta que me condujera al pasado. Así me hallé en un burgo medieval que no databa del siglo XV como todo hacía suponer, sino que era una construcción de finales del siglo XIX. El burgo había sido construido para la Exposición General de Italia en 1884. Finalizada la exposición, en lugar de destruirlo, se decidió dejarlo en pie, convirtiéndose en un reclamo turístico. Pensé en un futuro poblado de réplicas casi exactas de pirámides, acueductos, catacumbas, coliseos, anfiteatros, torres, y quien sabe si rascacielos y estadios de fútbol... sin que le importase a nadie ya lo más mínimo la diferencia entre el original y la copia.

*

El día del agua

Llueve toda la noche. El persistente reclamo del tamborileo de las gotas de agua en el tejado me desvela. Luego, no pego ojo ya hasta el amanecer.

Es la mía una naturaleza sosegada que detesta
el exabrupto de los truenos,
los alfilerazos de los rayos,
la parafernalia de las tormentas.

Hablaba con Rita y nos ilusionamos con la idea de buscar
cobijo bajo un cielo imperturbable, monocromático (implícito el
azul esclarecido) y luminoso, llegada nuestra vejez. Pensamos en
la Costa de la Luz. Nos veíamos en un pequeño apartamento con
terraza, en alguna localidad gaditana u onubense. La idea era
cambiar un horizonte por otro. La montaña por el mar. El norte
por el oeste. La casa centenaria por un apartamento de reciente
construcción. El pueblo por la ciudad... Castillos de arena cuando Rita murió. Proyectos ya sin sentido alguno para mí.

A pesar de que ella me habló de su deseo en ser incinerada, y
del Pico Tres Frentes, adonde irían ¿oreadas, sepultadas? sus cenizas, la enterré en el cementerio del pueblo.

Desoí adrede su última voluntad porque ella iba ser, siempre
lo había sido, mi ancla a este pueblo,
la forja de mis recuerdos,
la fragua siempre tan necesitada de agua.

*

Cada mañana temprano, después de tomar un cappuccino y
un croissant relleno de pistacho, me dejaba caer por la Plaza de la
República. Me gustaba perderme entre cientos de puestos de frutas
y verduras. Nunca había visto tanto género a la venta. El número
de compradores era abrumador y tenía su explicación: los precios
eran bajísimos. Compraba nectarinas, melocotones, o cerezas, que
a pesar de su buen aspecto —carne dura y reluciente— tenían el
mismo escaso sabor que los insípidos días. Cada día el mercado se
montaba y desmontaba y sería entonces, al caer la tarde, cuando
el viajero podría apreciar la extensión de la plaza en todo su esplendor.

Aquel mes de agosto en Torino el calor era asfixiante. Buscaba cobijo en los museos, la mayoría refrigerados. Una mañana la dediqué a visitar los Museos Reales. Sufrí mucho porque casi todas las estancias estaban a temperatura ambiente.

Visitando la Armería real me faltó poco para no echar mano de alguna armadura, cota de malla, o espada, que tan a mano tenía y liarme todo quijotesca a mandobles con las atentas vigilantes. Y digo atentas, porque en aquellos años previos al advenimiento digital, no existía la evasión (y la desatención) que permite hoy internet, viéndose por tanto obligadas a tener que vigilar a los visitantes para que no hicieran nada inapropiado, como iba siendo mi deseo, porque el calor acuciante, mezclado con todo aquel lujerío, más la reacción que me producía el abundante enmoquetado, me estaba extraviando la razón, hasta que el recorrido en su parte final, afortunadamente, me dio acceso a la refrigerada galería Sabauda.

Sentada en una silla con respaldo y mirando el cuadro de una Madonna *con un niño en las piernas, me dejé acariciar por las suaves manos maternas, envolver en la tierna voz femenina, arrullar en el delicado tacto del vestido, hasta caer rendida bajo las alas de Morfeo.*

*

El día de mañana

Cayo, haciendo gala del prohombre que era, entendió antes que nadie que la aritmética de un hombre un voto, había que complementarla con la de un hombre un auto. Por eso, y al contrario que otros pueblos dispuestos a llenar las calles de adoquines (víctimas de la imparable epidemia peatonalizadora) e incluso a cerrar todas las calles al tráfico rodado, obligando a los turistas y vecinos a aparcar los vehículos en las afueras del pueblo y hacerlos después caminar sudorosos y al borde del infarto por las empinadas calles, Cayo, que era un visionario, prometió que cada vecino aparcaría su vehículo delante de su vivienda.

A la convencional adición municipal: Iglesia + Bar, Cayo fomentó la apertura de talleres y desguaces, rebajando a mínimos el desempleo juvenil del pueblo. Sorprendió luego a propios y extraños cuando en la gran explanada municipal que cerraba el municipio por el sur, de un día para el siguiente, como un eficaz y eficiente mago, erigió un autocine. Era un truco de magia que precisaba tan solo de un gran pantallón blanco y del alud de decibelios provistos por dos columnas de bafles flanqueando la pantalla; autocine que las escasas precipitaciones permitían tener abierto todo el año y que propició también la natalidad, porque las butacas de los cines eran aquí reemplazadas por los asientos traseros de los coches. Qué nos contarían hoy los cristales empañados por la hirviente pasión, culminada en derramamientos procreadores.

Cayó siguió adelante con sus proyectos vehiculares, implicando a los vecinos, logrando que una conocidísima cadena de comida rápida abriese una franquicia al lado de la iglesia, en el centro del pueblo, en la que los vecinos hacían acopio·de hamburguesas, alitas de pollo, perritos calientes y toda clase de comida basura sin bajarse del auto.

La muerte de Cayo, al que creíamos inmortal, dejaría en agua de borrajas el proyecto que tenía en mente e ilusionados a todos los vecinos: la construcción de un circuito en el espacio ocupado por la mina abandonada. Había sido el circuito uno de sus muchos reclamos electorales. Solo la muerte de Cayo nos privó de un circuito de cinco kilómetros en el que podríamos haber visto las pruebas de F1.

Muerto Cayo dio comienzo otra era. Los turistas jadean al subir ahora por las empinadas calles adoquinadas y se hacen fotos en la plaza junto a la estatua de Cayo, sin llegarle ninguno de ellos a la altura de los talones.

*

«Todo lo que espera la esperanza es que llamen a la puerta. La esperanza se desvive por no ser». De lo que dice el padre Vivero

comparto una mínima parte, pero me es grato escucharle. La esperanza para mí podrían ser estos escritos: la labor diaria en la que nos afanamos desde hace tres semanas.

No lograba quitarme de la cabeza mi precipitada salida de Venecia. Y quizás fue lo que motivó que antes de ingresar en esta residencia el año pasado, sin tener la sensación de dejar nada importante a mis espaldas, me concedí un último viaje y regresé a Venecia, sola.

No fue una buena idea. No hallé a mi regreso ningún rastro de Guido. No obstante, resistí en la ciudad, asfixiada por el turismo, una semana a mediados de septiembre, en la que deambulé como alma en pena. Llevé conmigo la cámara que me había regalado mi ex al cumplir cincuenta años. Una pesada réflex que me provocaba dolor de espalda, pero que yo me autoimpuse, en la creencia de que debía purgar alguna culpa pretérita.

De aquel viaje, tan cercano y tan lejano, sirvan estos centones de palabras y las correspondientes fotos. Serán mi testimonio los próximos días.

La oscuridad desprendida de un lienzo de Caravaggio colma tus pupilas de silencio óptico. Te ves mecida por el leve balanceo de la góndola y su moroso fluir, mientras la embarcación fusiforme hiende el agua salada como si fuese gelatina. Sientes el sucederse de los canales dentro de un intestino muy delgado, rumbo al corazón de la ciudad: el cementerio de los muertos. ¡Fiat Lux! y advertirás la presencia de los broncíneos Dante y Horacio a lomos de una estática tabla de surf, encallados en la mar. Llueve y asediada por el frío, pensarás si el infierno no será helado.

*

Día mundial de la poesía

Ni Julián ni yo leemos poesía. No la entendemos, nos decimos mutuamente, sin querer ir más allá de un enunciado vago y penoso con el que creemos quedar exentos de tener que dar(nos) más explicaciones. Julián me explica que poesía viene del griego, que se traduce en hacer algo: en crear.

Nosotros no hemos hecho otra cosa en esta vida que darle la espalda a la poesía, y sin deberle nada, nos sentimos mal, muy mal, por eso Julián ha decidido que hoy aprenderemos una poesía.

Cada cual se ha traído un libro de casa. Yo, uno de Antonio Machado; Julián, las Soledades *de Góngora.*

Ante la duda, Julián me mira detenidamente con ojos de estadista y dice:

—La vida siempre te da dos opciones: la cómoda y la difícil. Cuando dudes elige siempre la difícil, porque así siempre estarás seguro de que no ha sido la comodidad la que ha elegido por ti.

Y puede dar comienzo, y lo da, a la Soledad primera.

> *Era del año la estación florida*
> *en que el mentido robador de Europa*
> *(media luna las armas de su frente,*
> *y el Sol todos los rayos de su pelo),*
> *luciente honor del cielo,*
> *en campos de zafiro pace estrellas,*
> *cuando el que ministrar podía la copa*
> *a Júpiter mejor que el garzón de Ida,*
> *náufrago y desdeñado, sobre ausente,*
> *lagrimosas de amor dulces querellas*
> *da al mar, que condolido,*
> *fue a las ondas, fue al viento*
> *el mísero gemido,*
> *segundo de Arïón dulce instrumento.*
> *Del siempre en la montaña opuesto pino*
> *al enemigo Noto,*
> *piadoso miembro roto,*

breve tabla, delfín no fue pequeño
al inconsiderado peregrino,
que a una Libia de ondas su camino
fió, y su vida a un leño.
Del Océano pues antes sorbido,
y luego vomitado
no lejos de un escollo coronado
de secos juncos, de calientes plumas,
alga todo y espumas,
halló hospitalidad donde halló nido
de Júpiter el ave.
Besa la arena, y de la rota nave
aquella parte poca
que le expuso en la playa dio a la roca;
que aun se dejan las peñas
lisonjear de agradecidas señas.
Desnudo el joven, cuanto ya el vestido
Océano ha bebido,
restituir le hace a las arenas;
y al Sol lo extiende luego,
que, lamiéndolo apenas
su dulce lengua de templado fuego,
lento lo embiste, y con süave estilo
la menor onda chupa al menor hilo.

Incapaces de memorizarla acordamos leerla un par de veces, una vez cada uno. Luego echamos a andar hacia la plaza.

A Julián lo veo venir: está decido a contarme la historia de Arïón y el delfín.

*

Madrugas y desayunas un cornetto relleno de mermelada y un café espresso que apuras de un trago. Y un vasito de agua para desconcentrarlo en el paladar. Caminas por la Strada Nova y no tienes la sensación de hacerlo por una ciudad flotante. Poco a poco las calles se van estrechando. No haces caso a los carteles que solo logran desorientarte. En Bocca de Piazza visualizas la imagen de un tragantúa. En la Piazza San Marcos los viciosos ojos van al Campanile, a las columnas de San Marco y San Todaro. Miras al suelo. Boquea la Serenìsima Repùblega de Venèsia.

*

El día de la cerveza

Llevo tanto tiempo sin tomar un trago que dos cervezas de tercio después estoy ya medio piripi. Julián ríe de buena gana al verme tan fuera de mí; no porque el alcohol me convierta en una Furia, sino porque ando como desmadejado, no tan rígido o envarado como es habitual en mí. Algún gracioso del pueblo, una voz sin duda maledicente, seguramente la tendera, ya me ha propinado el apelativo de «El Empalao», según me cuenta Julián, pero bien puede ser que me esté tomando el pelo.

Nos parece una estupidez ceñir nuestras actividades diarias a la onomástica diaria a celebrar, pero estamos tan faltos de actividades y de novedades que cualquier anzuelo nos va bien para salirnos, aunque sea mínimamente, del cardumen de lo cotidiano.

De los tercios pasamos a los chatos de vino y luego al cubalibre. Hemos de buscar fuera del bar viciado por el humo de los puros, el aire puro que nos libere del aturdimiento.

Julián fija la mirada en un punto indefinido y luego a los lados y lo hace con el rostro descompuesto. Cerciorado de que no hay moros en la costa me suelta de sopetón que le fue infiel a su mujer un par de veces y una sola vez llegó incluso a ponerle la mano encima a su Genara.

El alcohol abrirá entonces la caja de Pandora. Con los conocimientos mitológicos de Julián, yo vería salir, no a la pérfida Ápate, sino a la siempre necesaria Alétheia, y lo escucharía, no para proponerle, a modo de penitencia: doce trabajos como a Heracles; tampoco para perdonarle su pecado, porque se perdona al pecador, y no el pecado, como bien dijo el filósofo. Y para confiarle, mientras nos abrazamos, que puede contar conmigo, sabedores de que solo nos tenemos ya el uno al otro.

*

Es medianoche cuando la mirada vacía y por partida doble reclama tu atención. El graznido de las gaviotas rasguña en la plaza el éter. Caminas siguiendo los rombos blancos. Sin tú saberlo estás delante de la biblioteca marciana. Posas tu mano sobre el vientre de la cariátide a tu izquierda. Ves sorprendida cómo las puertas se abren lastimosamente. En la primera planta te saluda una mujer desde el artesonado. Hace caso omiso a la lista de la compra. Adivinas, curiosa, los pechos bajo el vestido. No sabes que es la Sabiduría, que la pintó Tiziano. En realidad: no sabes nada.

*

El día de la astrología

Nada se me ha perdido nunca en el cielo, aunque desde la muerte de Rita sí que extravío la mirada entre las nubes. Nunca me ha interesado el zodiaco y cuando se lo comento a Julián le sobreviene uno de sus prontos. Le parece increíble que yo pase del tema de esa manera tan temeraria con lo que está en juego, con lo que le debemos al zodiaco, dice poniendo el grito en el cielo y añade:

—El zodiaco, esa grandísima creación de los sacerdotes astrónomos babilónicos, válganos el oxímoron, en el caso de que la religión y la astronomía fuesen irreconciliables.

Julián me descubre en ese momento que él es Escorpio, un animal importado de Oriente. Fueron los griegos los que lo convirtieron en un escorpión que Artemis empleó para que picase al cazador Orión. Lo miro y no sé si no estará abusando de las lecturas, sin duda tan malo como es hacerlo de la mistela. Por si no lo supiera, que no lo sé, Julián se explaya acerca de mi signo: libra. Fue el último de los doce signos zodiacales. Es la balanza, el equilibrio, la compostura.

—De ahí que seas tan apocado, tan parado, un pan sin sal, pero no es culpa tuya, para nada —dice Julián, y se queda tan ancho el tío.

Y yo viendo cómo se le va lengua le replicaría con el único proverbio chino que sé:

> *«En la vida hay tres cosas que no vuelven atrás: la flecha lanzada, la palabra pronunciada y la oportunidad perdida».*

Lo que sí le llama la atención a Julián, que sigue enfrascado con lo suyo, es que la Iglesia no acabara con el zodiaco, y admira el juego de cintura de la sagrada institución para sustituir las fábulas mitológicas por interpretaciones bíblicas. De tal manera que la virgen María pasó a ser Virgo. Jonás y la ballena se amoldaron como Piscis, y Leo nos conduciría hasta la fosa con leones a la que fue arrojado el profeta Daniel, el cual salvó el pellejo cuando Dios sustrajo a los leones de sus ganas de comer.

Y hablando de cielos, Julián desvela el misterio de tanto turista por el pueblo.

—Estamos arruinando el planeta, el cielo también, y ahora resulta que el cielo solo se ve bien, a las estrellas me refiero, desde algunos lugares privilegiados como el nuestro —dice Julián— acompañando la sorpresa de una colleja tan bien arreada que me hace ver las estrellas, las doce constelaciones del zodiaco, desequilibrando al tiempo mi balanza interior y convirtiéndome, según Julián, en un Tauro, y no en un morlaco sanferminero cualquiera, ¡qué va!, sino en el toro de Europa, en el buey Apis, en la vaca Ío... i-o, i-o-o-o, i-o-o-o-o.

*

Vuelvo sobre mis notas. ¿Hablé de un tono quejoso, llorón, en Julio? Porque en sus últimos escritos lo veo más suelto, más distendido, más burlón, ¿o el anterior final «rebuznante» es una cosa mía?

*

En la cubierta del vaporetto cobras conciencia de tu inestable verticalidad haciendo malabares con el cuerpo. La mirada rebasa el mármol hasta el cielo; sudario empeñado en salpicar gotas de lluvia gordas como lágrimas. El gran canal es la arteria donde late la ciudad en su flujo comercial: sacos de cemento, maletas, sábanas limpias, trabajadores, turistas. En el horizonte, antes de abandonar el canal, ves la gran cúpula de la Basílica de Santa Maria della Salute, resultado de la peste de 1630. Tú, que también eres una superviviente, miras el cartel detenidamente, también alrededor. Gritas que vivir es un lujo.

*

El día del futuro

Celebrar lo que puede llegar a ser, el contenido del futuro, me parece una falaz pretensión. Más ahora que mi porvenir no es un mar sin orillas, sino el marco de una ventana por el que entra el aliento húmedo y ventoso del hoy. El futuro inmediato son los objetos que agarran mis manos, la ajada ropa del armario devenida una segunda piel en mi cansada osamenta, los contornos del pueblo: tejados recortados y humeantes contra las peladas montañas al fondo.

No hay futuro si no hay esperanza, y mi áspero corazón late por empecinada inercia, sin objeto ni proyecto. Late ajeno a mi voluntad.

Agarro el lapicero y ni escribo con mi sangre ni me reconozco en el trazado al carboncillo que me siluetea, sin embargo, siento las palabras como un ancla capaz de fijarme todavía aquí, a la tierra firme, propiciando la comunicación conmigo mismo, con el interlocutor situado frente a mí, cuya mirada soy incapaz de sostener.

*

Piensas en La mujer en la ventana, *el cuadro de Paul Hadley,
al verla ahí enmarcada. Se muestra de perfil. No tienes claro si en
la mano tiene un libro, un móvil o un ebook. Ves pasar una botella de plástico en el fluir lento del canal. No hay mensaje dentro
porque la botella es el mensaje. La observas desde la calle desierta
sin ser percibida por ella; alféizar convertido en un espacio más
de la casa. ¿Acaso no estará hecha ella de la materia de los sueños,
no será otro reclamo más, parte del atrezo de esta fan(t)á(s)tica
ciudad?*

*

El día de la movilidad sostenible

Sigo el lento movimiento de las nubes en el cielo y siento la calma. Registro la fugacidad de las estrellas y llega la inquietud.

Julián llega al mediodía. Salimos a pasear en dirección a la alcarria. Me cuenta que ayer estuvo en el cine de la capital. Llegó justo a tiempo para comprar una entrada para la película que proyectaban a continuación. Duraba tres horas y pensó que sus nervios no iban a poder soportarlo. Aguantó. Salió del cine aturdido por la emoción. Nunca le había pasado algo así, o quizás sí, pero no recordaba con qué película había sido. No tenía tampoco muy claro qué había visto, ni por qué le había afectado tanto, sumiéndolo en aquel inesperado estado de excitación mental.

Era una película japonesa. No supo decirme el nombre del director, si se trataba de un director, porque el nombre, que no lograba recordar, no le aclaraba mucho en cuanto al sexo.

Era cine sustentado tanto en el teatro como en la narración oral. Era pura imaginación. Y en la sobriedad de la película anidaba una belleza poética. Había algo muy profundo, insondable; un viaje al centro del ser, decía Julián, al que le sorprendía gratamente la manera en la que se iban hilando las vidas en la pantalla y la manera en la que un ictus, de repente, segaba el estambre de una de las vidas. Me hablaba de un coche rojo en movimiento. De un director de teatro escuchando en una casete los textos de Chéjov. Pero tampoco era una road movie, *era algo distinto: un surtido de géneros tan bien trenzados que no se apreciaban las costuras. Tan intrigado estaba que le pregunté el título; no porque quisiera ir al cine, sino porque me devoraba la curiosidad.*

—Drive my car —contestó, lanzándome las llaves de su coche.

*

Te juraste no montar en góndola, pero esta tarde acabas cayendo en la tentación. Es absurdo ir tú sola cuando todo el mundo lo hace en compañía. Con la pareja amada, en familia, o con amigos. Tú viajas sola, y la soledad no contrapesa tu cambio de parecer, sino que lo agrava. Pides al gondolero que no cante, ni hable. Deseas que el único sonido sea el del remo hendiendo el agua de la laguna. Queriendo estar sola en el canal, te ves en medio de una ¡¿retención?! Otros gondoleros sí cantan acompañados a la guitarra. Tan lejos la fondamenta.

*

El día de los museos

Para el difunto Cayo el niño de sus ojos siempre fue el Museo del Arado. De cada viaje por la península ibérica siempre pescaba algo para su colección. A su muerte el museo fue clausurado y el pueblo dejó de recibir entonces los pocos turistas que se acercaban hasta aquí. Anejo al museo había un terreno en el que Cayo mostraba a los visitantes su sabiduría en el manejo de aquella herramienta –híbrido de pico y azada– de otra época y orígenes mesopotámicos. A los urbanitas les chiflaba. Los niños menores regresaban a la ciudad hablando de Cayo como si de una deidad se tratase. Guardaban las patatas extraídas de la tierra, los tomates prendidos de las matas, las manzanas cogidas del árbol, con la delicadeza tributada a un explosivo. Al lado del huerto correteaban las gallinas. Se oían los mugidos de dos vacas. Si los productos de la tierra fascinaban a los críos, extraer la leche de las ubres vaqueras, o recoger en un cesto los huevos recién puestos, eran actividades que los conectaban con la naturaleza de una manera inédita. Para algunos de aquellos críos supuso una experiencia fundacional, como se demostró más tarde, cuando décadas después, ya convertidos en adultos, dejaron las ciudades de origen para ir a buscar en los pueblos (con wifi) experiencias rurales, probando a sobrevivir estrictamente con aquello que la Madre Tierra y los Benditos Animales tuvieran a bien proveerles.

*

El calor en Torino no solo me estaba volviendo loca. Era asimismo la onda expansiva a mi soledad, muy capaz de llevarme por delante. Necesitaba un medio líquido: el mar, una piscina, un río, una bañera colmada. En el folleto que había cogido en el hostal vi las fotos de una cascada. Empecé a salivar o quizás a sudar. Ya ni lo sé. Busqué la cascada en el mapa. No distaba lejos de donde me encontraba. Seguí las indicaciones por una carretera tan pródiga en curvas de herradura como desierta. Llegó un momento en que ya no pude avanzar más. Dos grandes bloques de hormigón –como los bolardos con los que se cierran ahora las calles peatonales para evitar atentados terroristas– me cerraban el paso. No había ningún coche estacionado. Supuse que la cascada estaría cerca y comencé a andar. Sin tráfico rodado, la vegetación iba comiendo el asfalto, ocultando los quitamiedos, obturando la carretera a medida que avanzaba en la contemplación de un paisaje ecoapocalíptico que me resultaba asfixiante.

Sentí un escozor. No vi ninguna ortiga cerca, pero en la mano izquierda surgieron dos pequeñas ampollas del mismo tamaño. El resultado de un picotazo, supuse. De haber estado dentro de un cómic la reacción alérgica me hubiera convertido en el acto en una superheroína, pensé. Y si tuviera que escoger entonces un superpoder, sería la inmortalidad. Estos pensamientos cómicos me ocupaban mientras la carretera picaba hacia arriba y los tramos despejados de sombra, y a pleno sol, suponían un infierno. Al menos tenía el consuelo de no ir caminando en círculos, porque la carretera debía de conducirme a algún lado.

Poco más adelante, y por la sombra, seguí avanzando cada vez más convencida de que la carretera no me conduciría a ninguna cascada. Me debatí unos momentos entre darme la vuelta o seguir. Si hubiera tenido a Segis a mi lado, sé que ni nos hubiéramos dado la vuelta, porque no habríamos siquiera bajado del coche, convertida la pereza en una manera muy práctica por parte de Segis de afrontar la realidad. Ahora estaba yo sola, viviendo mi propia aventura –o desventura–; se iría viendo, perdida de la mano de Dios, sudorosa y en alerta. Me latía el corazón desbocado, pero la necesidad de un chapuzón me tenía aún más trastornada que el calor. Y por eso seguí caminando.

Finalmente vi un puente. En el otro extremo había dos vehículos estacionados. A mi derecha vi la cascada. Sentí antes el ruido atronador del agua furiosa. Visualicé el vertical paraíso líquido. Una pareja de jóvenes se besaba sobre las piedras sin reparar en mi presencia. Una madre jugaba con sus dos hijos en una poza que les cubría a la altura de las rodillas. No era plan tirarme al agua en pelota picada. Me zambullí sin quitarme la ropa. El agua estaba helada.

Introduje la cabeza y al sacarla a la superficie me sobrevino un mareo. Los brazos no respondían a mis indicaciones y no tocaba el fondo, velado por el agua limosa. Solo podía gritar. Grité y grité. O lo intenté. Ausente la voz. Sentí que me desvanecía. Veía próximo el final y pensaba camino de la inconsciencia que así tenían que empezar todos los cuentos: «Érase un voz», y el paraíso líquido mudaba en infierno, y cuando ya mi boca, la nariz, y los ojos estaban bajo el agua, me desvanecí y tragué agua. El agua del Leteo, así no recordaría luego el fuerte tirón de los pelos, la mano oprimiendo el cuello y en volandas depositándome sobre una piedra para practicarme el boca a boca.

No lograba ver nada; eclipsada y deslumbrada mi visión por los pectorales bien marcados, las abdominales parcelando el vientre, y el tórax coronado por el rostro de un joven rubio y sonriente al verme vomitar agua, renacida y burlada al Hades.

Al lado del improvisado vigilante de la cascada, la joven miraba a su héroe henchida de orgullo, desprovisto este del mínimo asomo de vanidad.

*

Julio me ofrece colaborar en el escrito que tiene en mente, dedicado a la imaginación. Es una vía abierta a la ficción y cree que nos permitirá dejar de lado, aunque sea por un momento, los recuerdos y el pesado pasado. Será un espacio en el que podremos dejar volar nuestro inconsciente y desconocernos y… Le corto. No quiero que siga hablando porque me está recordando demasiado al Sustituto, y además no quiero discutir con él acerca de adónde nos conduce la inconsciencia, pues ya lo he dejado, o eso me parece a mí, bastante claro.

El escrito no lo haremos a cuatro manos y la cerebración de Julio va como sigue.

El día de la imaginación

Debajo de la almohada siente la incómoda presencia de algo extraño, duro y metálico. Al alzarla ve la pistola. El hábito no hará al monje como sí hace la pistola con el criminal. Lo sabe ahora que la tiene entre las manos. Desayuna pausadamente un par de huevos fritos con panceta que deja la cocina apestando a grasa humeante; grasa que corre ahora por su cuerpo convirtiendo las venas en maromas. En pijama sale de casa, cruza al otro lado de la calle (un camino de tierra), empuja la puerta sin hacer uso del picaporte (un puño de acero), y sube a la primera planta. Ve a Saulo (el vecino que le ha robado su vida) en la cama, dormido bocarriba. Lo despierta. Saulo abre los ojos. El despertar es un nacimiento breve, muy breve, porque antes de que pueda abrir la boca, Saulo recibe un balazo en el centro de la frente. Muere en el acto. Baja las escaleras y se encamina hacia la iglesia. Es pronto, pero el cura, Don Basilio, es muy madrugador, porque a quien madruga Dios le ayuda (no siempre). Entra en el recinto sagrado. Ve al cura delante del altar metiendo un copón dorado en la sacristía. Recuerda a Basilio durante la confesión. Lo mal que se lo hacía pasar. Lo poco que le costó a Basilio delatar a su padre (tan significado y señalado) horas después del alzamiento. Luego el paseíllo y su cuerpo por ahí enterrado sin digna sepultura. A saber dónde. Basilio se gira. Levanta las manos, pide clemencia y perdón. Despliega toda la artillería retórica del buen cristiano. Habla del amor de Dios hacia sus criaturas. Deja de hablar el cura cuando un balazo le entra por la boca y comienza a llenarse de sangre, a borbotear como una fuente alegre. No quiere verlo agonizar y lo remata. Toda la vida eterna para Basilio es ahora. Ya. Baja la cuesta y junto al frontón ve luz en la tienda de comestibles de la Puri: la tendera. Al ver su figura en pijama, el arma en la mano, Puri se teme lo peor. El miedo es sabio. «Lo siento», dice. ¿Es un sentimiento sincero? Da igual. Llega demasiado tarde. ¿Cuántas veces se ha tenido que tragar el apelativo «bola de sebo»? Cientos, miles. Ha perdido la cuenta. Convertido hoy su odio en algo incontable pero sólido. Coge un chorizo duro como una piedra colgado de un gancho y la golpea en la cara. Las gafas de la Puri salen volando por el encima del mostrador. La piel blanca de la carne mollar se torna rosa, cárdena, amoratada. Le clava el gancho en la nariz y tira de ella como si fuese un cerdo camino del matadero. «Lo siento», dice de nuevo Puri, en un jadeo entrecortado. Se mea encima. La obliga a beber. Solo un traguito. Comprueba muy pronto que lo suyo no es el sadismo. Dispara dos veces. Una bala en cada ojo. La justicia es ciega. La ve morir-Entrar en el Reino de Dios-Ser recibida con una salvaje danza al son de címbalos y crótalos. Fuera de la tienda las calles están desiertas. Nunca hubiera pensado que matar resultaba tan agotador. En la plaza del pueblo la casa más grande es la del maestro Facundo. Octogenario, olvidadizo hogaño, muy tocón antaño. Recuerda cómo le sobaba la entrepierna, cómo se restregaba sobre su culo apretado, cómo maculaba cada orificio de su templo carnal. Las cosas inenarrables que le obligaba a hacerle. Seis décadas después siguen ahí los recuerdos, a la vista, y tan a mano que al tocarlos le dan ganas de vomitar. Y vomita todo su ser hasta la bilis. Facundo está sentado a la mesa. Un libro entre las manos: las memorias de un general que olvidará a medida que vaya leyendo. Facundo oye ruidos y mira con la indiferencia prestada hacia lo conocido. De la tienda de Puri se ha llevado un fuet. Tiene la consistencia del acero. Obliga a Facundo a desnudarse. Muestra un cuerpo decrépito. Piel pegada al hueso y muy escasa carne arrugada. Le dice que mire hacia el crucifijo, al Cristo doliente. Introduce el fuet con mucha dificultad por el agujero negro y peludo de Facundo. Grita y patalea. Jura y maldice, pero no pide perdón ni clemencia, quizás porque la desmemoria le ha borrado sus malas acciones, o bien porque su maldad no tiene límites o sencillamente porque no cree haber obrado mal y no entiende a qué atiende la agresión sufrida, tan vil e inmerecida. Quiere sangre y la obtiene. El fuet entra y sale impetuosamente con excrementos y restos de sangre. Descuelga el crucifijo de la pared y lo sacude en la cabeza hasta dejarlo inconsciente. La letra y la fe con sangre entran, piensa. Su pecho se agita con dificultad. Mueve el reloj de cuco de sitio. Lo acerca al yacente y lo deja caer sobre su cuerpo. La cabeza revienta como una

sandía en sazón. Vuelve a casa. Toma postura en el orejero. Com-
para el día de ayer con el de hoy. La neutralización de objetivos...
el ajuste de cuentas... no le conlleva un balance consolador, ni la
pretendida paz. Piensa que será como con la digestión: tendrá que
esperar unas cuantas horas para que surta efecto el banquete de
sangre. Cree que ya ha acabado. No, no ha acabado todavía. Aún
falta borrar del mapa a la persona que más odia. Por eso su mano
mantiene aferrada el arma, por eso apunta hacia su rostro, por eso
dispara el gatillo una vez, por eso dos veces, por eso tres veces.

*

No miento si digo que sentí la meliflua voz de la naturaleza
—convertida luego en una voz interior— animándome a ir a las
montañas. Breuil-Cervinia, a dos horas de Torino, era el perfecto
lugar de partida para mi propósito. Las majestuosas montañas
que me circundaban eran una invitación para ir a conocerlas.
En el albergue en el que me alojé organizaban excursiones diaria-
mente. Me pertreché con el vestuario adecuado: botas de monte,
bastones, pantalón de montaña, camiseta térmica, cortavientos,
guantes, gafas de sol y gorro. El jefe de la expedición era un joven
albino, delgado y menudo, cuyo rostro, pródigo en aristas, parecía
haber sido cincelado con un piolet. Ascendía las cuestas con la
facilidad de una cabra montesa. Conjurando la maldición babé-
lica, Silverio —así se llamaba el joven— hablaba todas las lenguas,
dirigiéndose a cada miembro de la expedición en inglés, chino,
italiano, castellano y urdu.

Pisar yerba me resultaba reconfortante, a pesar de que las em-
pinadas pendientes me hacían jadear, ir al límite de mis fuerzas,
sin apartar mínimamente la mirada del terreno, no porque tuvie-
ra vértigo, más bien como si el alzar la mirada me supusiera un
esfuerzo que no sabía si sería capaz de acometer.

Mis compañeros de expedición eran gente generosa que no
me dejaban atrás y me ofrecían su compañía en todo momento,
adecuándose a mis lentos pasos. Se esforzaban por comunicarse
conmigo. Propósito resuelto a duras penas, por mi escaso dominio

de otras lenguas. Pero bastaba con tenerlos caminando a mi lado para sentirme arropada.

Uno de mis compañeros era Li, un chino sonriente, afable, espigado y flexible como una pértiga. Había venido a Aosta a conocer a Bruno Brunod. Hablaba de él con la devoción tributada a una divinidad. Se vio Li en la necesidad de explicarse. Me contó una anécdota de Bruno previa a sus grandes éxitos en las competiciones deportivas en la montaña.

Bruno había hecho el servicio militar en Courmayeur, en el batallón alpino, a comienzos de los años ochenta. Allí le encomendaron talar dos árboles gigantescos del mariscal de campo y Bruno pidió traer de casa su hacha, con la cual dijo: «era capaz de cortar una brizna de hierba como si fuera carpaccio».

El oficial, viendo a sus hombres tan ociosos, accedió a la demanda de Bruno de buena gana. Le ofreció una bicicleta de hierro que pesaba tanto como Bruno y calculó que este tardaría como poco, entre tres y cuatro días en regresar, si es que no acababa en la panza de algún oso hambriento. Bruno le contestó desafiante que no necesitaba bicicleta alguna. Le bastaba con sus dos piernas y esa misma noche estaría de vuelta. El sargento rio de buena gana la fanfarronada de Bruno. Al militar le gustaba esa actitud de los jóvenes: la imprudencia, la temeridad y la inexperiencia. Hizo formar a sus hombres y Bruno fue chocando palmas con cada uno de sus compañeros, alguno de los cuales llegó a abrazarse a él, pensando quizás que no lo volvería a ver más con vida. Pero cuál sería la sorpresa del sargento, cuando antes del anochecer, donde las últimas tiendas del campamento confraternizaban con las lindes del bosque, vio una figura recortándose contra el horizonte montañoso y nevado, que venía corriendo hacia él. En la distancia no era capaz de afirmar si lo que se avecinaba era un animal o no, aunque la cabeza parecía la de un oso. Antes de que pudiera reaccionar, empuñar un arma, o darse a la fuga, Bruno, con el hacha en una mano y un ramo de margaritas en la otra, llegó hasta el inmóvil sargento, blanco como la cera. Bruno, convertido en un cabezudo, lanzó al suelo el hacha e hizo asomar su testa por debajo de la del animal. Estaba sonriente y *feliz de haber cumplido con su palabra. Palabra que para él, a su corta edad, era todo su escaso patrimonio. El sargento recibió las flores con cautela. No sabía si se trataba de una declaración amorosa, de una costumbre local, o de una broma, pero mirando despaciosamente la cabeza del oso y a Bruno, cogió las flores con sumo cuidado, agradeció el detalle floral, ordenó a voces un jarrón con agua fresca donde colocarlas, abrazó a su hombre y le dijo que si hubiera una guerra, querría librarla a su lado, codo con codo, pero que de momento, y ante aquella calma chicha, lo inscribiría en un equipo de corredores de montaña.*

Li concluyó el relato y me indicó que la montaña con forma de pirámide exenta que se veía desde cualquier punto de Cervina era el Cervino. Sus casi cuatro mil quinientos metros Bruno los había ascendido y descendido más de treinta veces. La vez más rápida en poco más de tres horas. Un récord estratosférico vigente durante dos décadas. Oyendo a Li se avivaron mis (peregrinas) ganas de ascender el Cervino. Li creo que se dio cuenta de mi interés rampante y rayano en la avaricia (incluso en la locura) y poniendo su mano en mi hombro me dijo que iríamos, y que no siendo Brunod, en la montaña no había otro mejor que Silverio.

Era un secreto, pero si la climatología nos lo permitía, según Li, haríamos noche a trece mil pies de altura, en una cabaña instilada en la montaña, muy cerquita de la cumbre.

Miré detenidamente el Cervino, sus múltiples perfiles angulares. La distancia que me separaba de la cumbre era una promesa, un destino con todas las vías abiertas a explorar.

Antes de concluir la primera excursión grupal: una ruta circular por un sendero ceñido al curso de un caudaloso río, al que afluían innúmeras cascadas, ensimismada como iba en su contemplación, pisé un canto rodante que al deslizarse me hizo doblar el tobillo y besar el suelo; los labios y los dientes como improvisados frenos, amortiguaron muy levemente la caída. Li me ayudó a incorporarme sin ocultar la preocupación al ver mi faz magullada, y lo más preocupante: el tobillo inflamado. El esguince me mantuvo varios días —demasiados— alejada de mi equipo.

Hube de asumir entonces que la ascensión al Cervino, si la llegaba a materializar, sería por medios mecánicos.

*

El día de la burocracia

No fue un día, fueron varios. Primero conseguir que alguien me cogiera el maldito teléfono. Una vez que logré hablar con una persona, y no con una máquina, me dieron cita para diez días después.

El día que llegué a la oficina el sistema estaba caído y el funcionario y yo nos miramos fijamente durante un buen rato. En momentos así la máquina del café y el periódico local son miel sobre hojuelas para el empleado público. El funcionarial encogimiento de hombros era la expresión no oral de que aquel parecía ser el pan suyo de cada día. No he conocido a nadie del pueblo a quien en la cumplimentación de los numerosos y farragosos trámites administrativos no le faltase algún papel, alguna firma, alguna fotocopia, algún poder. Desconocía qué papeles tenía en su poder la Administración y cuáles no, pero ante la duda ellos te los volvían a pedir una y otra vez, y se curaban en salud, malogrando de paso la del interesado.

Si hubiera leído a Kafka diría que la administración era un muro. Vería entonces la monstruosa Burocracia alzándose vertical, helada e inexpugnable. El papeleo sería el resultado de un Proceso interminable.

En una carpeta de plástico verde llevaba la documentación que me había preparado la trabajadora social. Rita vivía entonces. La solicitud no iba firmada por ella. Esto suponía un problema serio porque era ella la interesada y yo no era su representante legal ni Rita estaba incapacitada judicialmente. El dictamen: tenía que volver otro día con el documento firmado por ella. Mentí y dije que Rita estaba fuera, regalándose al sol, en doble fila, dentro del coche, y que en nada traería el documento de vuelta firmado por mi señora esposa. Volví, sí, apenas dos minutos después con la solicitud firmada por mí. Constaté que son en estas situaciones tan

97

al límite cuando aflora siempre lo peor de la naturaleza humana; cuando te ves ante la tesitura de cometer una ilegalidad leve, ínfima, pero censurable en todo caso para alguien que como yo jamás se había apartado nunca lo más mínimo del correcto proceder, aborreciendo toda clase de picaresca.

A mi regreso, el funcionario estaba despachando ya a otra persona. Me acerqué con los papeles y puse la carpeta sobre su mesa. Desde el asiento giratorio me lanzó una mirada torva muy difícil de esquivar. No parecía reconocerme y en su cara veía además reflejada la sombra de una amenaza. ¿Yo? Fulminándome luego con una mirada ígnea. El basilisco, sin embargo, y con un tono monocorde, ajeno a cualquier atisbo emocional, me instó, sin mirarme a la cara, a apartarme de su persona, a quitar mis cosas de su mesa y a pedir cita si lo que deseaba era ser atendido. No hubo manera de que me atendiera ni me entendiera, ni de que se solidarizara mínimamente con mi situación y mi desespero. Mi tren había pasado. Había desaprovechado mi oportunidad y debía iniciar todo el proceso de nuevo, comenzando por la cita previa.

Salí de la oficina de muy mal humor. Sentía cómo la mala leche iba fermentando en mi interior dejándome en un estado de sumo abatimiento. También inerme, vulnerable, vencido, y convencido de que no tendría las fuerzas suficientes para seguir peleando contra un enemigo tan poderoso e invencible.

Al desahogarme más tarde con Julián acerca de mis problemas irresolubles con la Administración, pasó este a enunciar media docena de películas en las que ciudadanos como yo habían sido capaces de plantar cara y vencer al Estado. Yo no sabía si la Administración y el Estado eran la misma cosa. No quise saber tampoco a qué precio los ciudadanos habían conseguido salirse con la suya; algo que consistía ni más ni menos que en ser tratados como nos correspondía. Más como personas que como «administrados», palabra de nuevo cuño que apestaba a eufemismo y que incluso creo que propiciaba nuestra despersonalización.

Rita murió dos semanas después de mi odisea administrativa y los trámites pendientes quedaron reducidos a papel mojado.

*

Antes del streaming *en mi casa había una parabólica. Una de esas paelleras que nosotros pusimos a espaldas de la comunidad de vecinos y que te conectaban con el mundo exterior. Nos volvimos europeos, internacionales. En casa respiramos el aire fresco y mentolado de la modernidad. Veía algunos programas culturales en el canal Arte. A Segis solo le interesaba el fútbol. Además de la liga española podía entonces ver los partidos de las ligas italiana e inglesa. Se aficionó a la Roma. Capello y luego Ranieri fueron un buen reclamo en el banquillo en los albores del siglo XXI. Años gloriosos con lluvia de títulos. Roma caló en él. Primero el equipo, más tarde lo hizo la ciudad.*

Ya en Roma, en este viaje de marras que comenzando hacía dos meses parece que hubiera comenzado hacía años, fuimos derechos a la Fontana di Trevi. Me cautivó su tamaño: un volumen que se comía toda la plaza. La recorrí absorta con la mirada. Segis me sacó de mi ensimismamiento al decirme que el autor de la fuente murió sin verla acabada después de casi tres décadas de trabajo. Lancé, flexionando las piernas, pero sin plasticidad alguna, ni contando tampoco con el equilibrio del Discóbolo de Mirón, dos monedas, y pedí un deseo. Segis otro. El suyo se cumplió. Dos días después me dejó plantada. Me gustaría decirte aquí a ti: mi hermana, mi prójima, mi semejante; a ti, mi hipócrita lectora (y excúsame el arrebato baudelariano), que después de dejarme plantada acabé echando raíces. No cayó esa breva. El plantón de Segis, muy lejos de enraizarme, fue un hachazo que me partió en dos. Debería añadir, en honor a la verdad, que también propició el big bang de mi universo interior, a cuya exploración me he dedicado hasta el presente día.

*

Julio viene a mi habitación. Entra al ver la puerta entreabierta. No advierto su presencia porque estoy sentada en mi escritorio, dándole la espalda. Cuando tose me giro. Recortado en el marco de la puerta, tan flaco y ojeroso es la viva imagen de un fantasma. No sé de dónde saca este hombre tan bravo las fuerzas para seguir viviendo, es decir, escribiendo. Se sienta en el borde de la cama y me mira. Salgo de mí, me elevo y nos veo como una mina a cielo abierto que ya ha sido expoliada del todo, sin tener nada más que ofrecer a nadie. Estamos al final del camino, de todos los caminos, y los dos somos muy conscientes de ello.

Julio observa el calendario iluminado por la luz del flexo, los días marcados y ya idos. Los ojos achicados, convertidos en la punta de un alfiler.

Al levantarse de la cama nos abrazamos en silencio. Sin decirnos una sola palabra sabemos que es el adiós definitivo.

*

El día de la tercera edad & El día de los paseos saludables & El día que es mejor olvidar
TRÍPTICO DE LA HECATOMBE

*

El día de la tercera edad

¿Y cuál es la segunda?, ¿y la primera edad? Porque tengo la sensación de haber experimentado la «edad» como un continuo. El señor del espejo: yo, no puede tener setenta y seis años. Me resisto a creerlo y a dejarme violentar por el tiempo sin oponer resistencia. ¿Cómo ha pasado el tiempo por mí? ¿Cómo me fue haciendo, formando, para no ser hoy poco más que un derrubio? El deterioro físico que conlleva el acarreo de años es evidente. La calvicie, la carne flácida, la pérdida de visión, el menisco inflamado que al caminar da cuerpo al dolor de este. Y mentalmente cundió en mí la desesperanza, pero no la desesperación, porque me mantengo en un estoicismo que me permite pasar los días sin novedades en el frente, aliviado el día a día por los paseos con Julián.

A pesar de que nos lo tengamos todo dicho, gracias a los horizontes que las lecturas y su infinita curiosidad le ofrecen a Julián siempre tiene algún tema de conversación que compartir conmigo.

Hoy me habla del osmio, el material con mayor peso específico, porque le resulta muy paradójico que ahora que no tenemos ninguna carga familiar y somos libres, nuestras existencias sean tan densas, tan pesadas, y por eso nos cueste quizás tanto levantar el cerco que hemos creado voluntariamente a nuestro alrededor.

Cualquiera de las nubes que prestase atención a nuestro caminar nos calificaría de peripatéticos. En nuestros paseos discurrimos sobre el pasado y nos pienso como un museo que sin renovar periódicamente las colecciones sí es capaz de ofrecer algunas novedades a la atenta mirada.

*

El día de los paseos saludables

No era necesario que un facultativo nos hablara de las bondades del caminar, ni nos prescribiera ejercitar los músculos (el más importante el corazón), puesto que caminar era la única tarea física que realizaba en el pueblo. Sí me dijo Julián, quizás con la idea de aureolar lo prosaico, que los hombres de letras importantes habían sido siempre entusiastas caminantes. Y lo decía entusiasmado, como si él fuera uno de ellos. Pasó a hablarme de Ben Jonson, de cómo este había ido andando desde Londres hasta Escocia. Lo cual no dejó de parecerme raro, pues amante como soy del atletismo televisado, confundí al amigo de Shakespeare con el velocista canadiense, y al plantearle mis dudas, Julián a poco muere atragantado con mis salidas. Me refirió las palizas diarias que se infringía andando Coleridge; del titán que en estas lides fue Carlyle; de cómo Ruskin necesitaba andar para tomarle el pulso al paisaje; de la probada relación que existía entre caminar y la creación literaria, y como ejemplo de todo ello ahí estaban los poetas Scott o Byron.

Julián iba soltando a todo trapo los nombres de hombres de letras que yo no había leído, y andaba sin tener claro adónde me quería conducir mi amigo con aquella perorata.

A escaso medio kilómetro del pueblo, Julián abrió una pequeña mochila y me mostró unas latas de conserva y tres botellas de agua. Me señaló la montaña al fondo del valle, el camino que bajaba frente a nosotros para luego adherirse a la montaña como una tira de velcro por un lateral y hasta la cima. Quería que echásemos a andar en ese momento. Eran las diez de la mañana, y caminar hasta donde llegásemos. Dormiríamos al raso, al caer la tarde. En sus ojos no supe distinguir la determinación de la inconsciencia, y tras echar un rápido vistazo atrás, consciente de que no dejaba nada importante, acepté su proposición, espoleado por la presunta aventura que se nos brindaba y la enfermiza necesidad que teníamos de romper con las rutinas.

*

El día que es mejor olvidar

No teníamos ya años para estas correrías. Cuánto lamento haberme dejado arrastrar sin haber opuesto una mayor resistencia a los deseos de Julián, aquí, a mi lado, creo que muerto. No me atrevo a tomarle el pulso, tampoco a cerrarle los ojos. Estoy tumbado a su lado en la base del agujero. Veo el cielo apagarse poco a poco, desangrarse en sus confines. Así debe estarlo también Julián por dentro después de la monumental caída. Ni llevábamos el calzado adecuado, ni conocíamos bien el terreno, ni habíamos avisado a nadie de nuestra partida. A nuestro favor tan solo el entusiasmo, más en Julián que en mí. Todo sumaba en nuestra contra y es ahora, que ya es inevitable la catástrofe cuando me resulta evidente e inapelable.

Oigo el clamor de los pájaros y no veo pájaros; el aullido de los lobos y no veo lobos; el fragor de las estrellas al friccionar con la bóveda celestial, y no veo las estrellas por culpa de esos árboles curiosos que inclinan las abultadas frondas hacia la entrada de la oquedad; y siento el corazón latir impetuoso y me pregunto si estoy vivo estando tan muerto de miedo como estoy, mientras los ojos, húmedos, van desaguando toda la tristeza que albergo en mi interior. Al cerrarlos veo a Julián frente a mí, perdiendo el equilibrio en el borde de la nevera, estirando los brazos y yo aferrándolos, juntos entonces en la caída, interpretando una imposible coreografía de derviches aéreos e inexpertos, y él, convertido entonces en un colchón de carne, absorbiendo todo el impacto de nuestros cuerpos.

La noche absoluta me va sumiendo en la oscuridad. El cansancio me vence, me mece y me acuna, y es la suya una nana enfermiza y delirante. Y quiero cerrar los ojos, sin saber si volveré o si querré volver a abrirlos de nuevo.

No morí esa noche, aunque sí lo hice. El duermevela me mantuvo agitado hasta la llegada de los primeros rayos del alba, con un turbión de recuerdos en la cabeza, agitados como en una coctelera, y avivados por el fuego de la lucidez y el desamparo.

En mi mano estaba acabar con mi vida, o sencillamente, abandonarme a mi infortunio, para dejarme apagar poco a poco en aquel agujero, olvidados del mundo como estábamos. Pero mi empecinado cuerpo se resistía a darse por vencido, y como el recién nacido se hace camino a través del cuerpo de la madre, igual tiraba yo de mí buscando la vertical.

Los ojos buscaban tendones, arterias, venas, en el sistema circulatorio de la tierra circundante; una posible vía de ascenso. Julián se ofrecía rígido y lejano, blanco en el lecho de tierra húmeda, con las aristas del rostro más perfiladas; la frente apenas velada por mechones cenicientos y ocres. Al ver a la muerte tomar posesión del cuerpo amigo me costaba mucho reconocer en aquel amasijo de carne desmadejada y sucia, en aquel ser ahora inanimado e inerte, sin la gracia de la vida, a mi buen amigo Julián, que en aquel estado parecía distar mucho de estar disfrutando de la vida eterna, en la que sé que no creía.

Salí de la nevera aturdido, obturadas las pupilas por la luz que iba desvelando el misterio de la noche, y lloré en silencio, haciendo acopio de las escasas energías residuales en mi desfallecido cuerpo.

Deshice el camino recorrido el día anterior. A falta de migui-
tas de pan supe que iba en la dirección correcta cuando al rebasar
el hayedo vi el refugio de piedra, su fisonomía de guardaviñas
recortándose contra las montañas mochadas, mostrando estas sin
pudor sus vísceras de granito y más abajo cogí el estrecho camino:
un útero de piedra arenisca, hasta que el barranco moría y se des-
hacía en la amplitud del valle. Anduve toda la mañana ido sin
cruzarme con ningún excursionista. Finalmente comparecieron
las casas del pueblo y sin nadie que me jalease, crucé la línea de
meta al llegar a casa. Y como nadie advirtió mi ausencia tampoco
nadie advirtió mi regreso.

Consulté el reloj. A las cinco de la tarde el autobús de línea
partiría hacia la ciudad. Dispuse encima de la cama la maleta,
a buen recaudo en el armario desde la luna de miel. Introduje
el magro ajuar de un viudo esposado a la soledad: dos pares de
zapatos, un jersey de ochos de Rita, el crucifijo, que velando mis
noches me desvelaba, y la foto en blanco y negro de nuestra boda,
en la que parecíamos más asustados que enamorados. La maleta
quedó medio vacía. Al aferrarla me sentí como uno de esos actores
que en las películas arrastran maletas que parecen contener solo
aire, a juzgar por su ligereza.

La primera noche en la residencia de ancianos asumí que ha-
bía sido un cobarde. Tenía que haberme quedado al lado de Ju-
lián velando su cuerpo. Tenía que haber sido él quien saliese de la
nevera y no yo. No había ninguna necesidad de seguir viviendo
después de aquel trance. Pero mi cuerpo ganó aquella infausta
noche la batalla por la supervivencia, y también la guerra por la
vida que íbamos a librar él y yo a partir de entonces, con escaso
éxito por mi parte, a tenor de las cinco tentativas fallidas.

*

Hace una eternidad fui una ávida lectora de relatos. Encade-
naba una lectura con otra. En la cama y antes de apagar la luz,
mientras mis dedos juguetones se perdían entre la vedija de su

pecho, le hacía a Segis una síntesis de algunos de los muchos relatos leídos durante el día.

Recuerdo que uno de ellos versaba sobre una pareja de jóvenes que se querían tantísimo que no concebían la vida el uno sin el otro. Pasaban todo el tiempo que podían juntos y cuando estaban separados se ahogaban y creían que el corazón se les pararía. El horizonte lo iban a amueblar con una miríada de proyectos en común: la casa con jardín y piscina, los perros, muchos niños, los trabajos artesanales, en suma: una hogareña vida saludable en un pueblo apartado con vistas a la montaña.

Una noche, en la sala de conciertos en la que tocaba uno de los grupos de moda, mientras bebían un cachi de cerveza, acontecía un atentado terrorista. Ellos salían ilesos, pero la explosión les pasaría factura más adelante.

El amor, de repente, se resquebrajaba y surgían los celos y arreciaban los reproches y los remataban las pequeñas ofensas y los muchos desdenes. Se volvía asimétrico el amor y el deseo se desinflaba. Venían de tan arriba que cuando se miraban solo veían el abismo, el irremediable final de la relación, y aún con todo trataban de arreglarlo, pensando más con el corazón que con la cabeza. A la desesperada acordaban que cada uno de septiembre acudirían al Reina Sofía, a las seis de la tarde, y se situarían frente al Guernica y esperaría uno la llegada del otro. El final abierto no permitía saber al lector lo que sucedería con la pareja, ni si habría reencuentros o no, o qué pasaría si el uno de septiembre el museo estuviese cerrado.

Creía que Segis se había quedado dormido, sin embargo, me miró con sus ojos del color de la almendra garrapiñada, penetrantemente (sus pupilas no eran la única parte del cuerpo de Segis capaces, en aquel tiempo, de penetrarme), y dijo que podíamos hacer nosotros algo parecido, es decir, tener nosotros también nuestro particular punto de encuentro, o de reencuentro, o como quisiéramos llamarlo, por si lo nuestro alguna vez se iba también a freír churros. Así de romántico era mi Segis. El uno de septiembre le parecía una fecha apropiada. Teníamos que fijar un lugar. De perdidos al río pensé, y le dije que el lugar debía de ser la Punta

Helbronner, en la divisoria entre Francia e Italia, a varios miles de metros de altitud. Como todo parecía formar parte de un juego que no nos comprometía a nada a ninguno de los dos, Segis dio el visto bueno a mi propuesta y no volvimos a hablar nunca más de ello.

A finales de agosto todavía seguía en Italia. Antes de regresar finalmente a mi patria quería visitar Aosta. Siempre he sentido debilidad por las ciudades en las que aún quedan restos de la presencia de los romanos. Esto en Italia es una chorrada, pero Aosta era un sitio que anhelaba visitar, no tanto por la ciudad como por las montañas que la rodean. Una vez en Aosta supe que la ciudad era conocida como la Roma de los Alpes. Nada que ver. Aosta tiene huellas romanas, sí, los restos de un anfiteatro que son una mera fachada. Pero lo que más llamó mi atención fue el crip-topórtico forense. Hice la visita guiada y me juré a mí misma que no acabaría montando el circo como en Roma. Cumplí con mi palabra. No me fue difícil porque allí no había cráneos, ni huesos, y estaba más despejado que una manifestación el ferragosto. Salí sin tener muy claro qué demonios era aquel edificio, ni cuál era su función, o su defunción, pues parecía un camposanto.

Al día siguiente solicité en el hotel los folletos turísticos y la mujer de la recepción, sabedora de que solo iba a pernoctar dos noches en la ciudad, me recomendó encarecidamente que cogiese el funicular en Courmayeur hasta la Punta Helbronner. Al oír el nombre me quedé petrificada, como si fuese la víctima de una broma pesada. No sabía situar la Punta Helbronner con exactitud en el mapa, y si fue el lugar señalado antaño fue porque aquella tarde había visto un precioso documental en La 2 sobre los Alpes, y retuve el nombre mientras me encontraba al borde la siesta; un lugar que antes de quedarme dormida y con mi escaso dominio del inglés se me antojaba infernal.

Logré comprar una entrada para el día siguiente y tuve que hacer frente a mi miedo a las alturas. No había el mínimo peligro dentro de la cabina del teleférico. No obstante, me alejé de las ventanas, muy concurridas, dado que todo el mundo quería tener las mejores vistas de la cadena montañesa. Me situé en el centro de la cabina. Tuve suerte y a mi lado había dos alemanes de dos metros cuyas anchas espaldas cegaban mi visión. Cuando el teleférico llegó a la cumbre, en unos pocos minutos, respiré aliviada.

En la coronilla del mundo me resultaba reconfortante el abrigo de la cafetería panorámica circular. Las vistas a la montaña eran de una inusitada belleza. El tiempo en esas fechas, y a esa altitud, era una lotería, y bien podía haber salido el día nublado y no haber visto nada. Pero brillaba el sol, así que salí al exterior y caminé por las pasarelas metálicas. El blancor de la nieve al frente me cegaba la visión y los 3466 metros de altitud me provocaban mareos. Volví a la cafetería. Pedí un ristretto a un camarero insolente, fanfarrón y malencarado. Lo degusté mientras miraba al frente las puntiagudas crestas grises de los Alpes. Si el paisaje me inducía al éxtasis visual, solo me restaba ya levitar como una santa al sentir la leve presión de una mano en mi hombro, el aroma de un perfume muy conocido, y una voz que solo podía pertenecer a una persona sobre la faz de la tierra. Víctima de la orfandad parejil, nunca había sentido tanto lo que suponía perder a alguien como hasta ese momento.

Entrecerré los ojos aturdida ante el inminente patatús. Al abrirlos estaba sola frente a la taza de café. La cucharilla de la firma Arthur Krupp asomaba vertical por la porcelana. A lomos de su apellido me traía en mente todo el infausto siglo XX: los millones de asesinados, las nefandas dictaduras, los totalitarismos infames. Era evidente que el mal de altura me estaba pasando factura y alterando mi raciocinio.

Al coger el funicular de regreso a Aosta, pensé cuánto me dolería cuando cicatrizase todo el vacío que había en mi oscuro interior. Pensé también, en un rapto de lucidez, si todo lo que venía considerando como necesidades, no eran otra cosa, básicamente, que necedades.

*

El día de los adioses

Llevo mucho tiempo pensando cómo hacerlo sin atreverme a ello. Ni siquiera ahora, en mis postrimerías, soy capaz de escribir las palabras que lo enuncian. No voy a hacerlo, porque ya lo he hecho. Ahora lo sé. He matado una parte de mí sin acabar conmigo. Estas cuatro semanas y media me han servido para darme cuenta de ello. Sandra estaba en lo cierto. No sé si no hacerlo puedo considerarlo una victoria. Una victoria pírrica, ¿sobre qué?, ¿sobre la vida? No hay aquí nunca victorias sino prórrogas. Además, hace ya días que no me encuentro nada bien. Tengo una enfermedad que sé que va a matarme en cuestión de semanas. Ahora que seguir con mis planes autodestructivos quizás fuese lo más sensato es cuando me achanto, cuando sin rechistar hago caso al entrenador y salgo a calentar a la banda, dispuesto a jugar a muerte los minutos de la basura. Sí, Loreto, amiga mía, vivimos para contradecirnos hasta nuestro final.

*

Epílogo

El niño duerme plácidamente. La niña es una muñeca de trapo que no deja de mirarme y que capta mi atención sacando la lengua, haciendo cuchufletas, a las que yo respondo llevando los músculos faciales hasta el límite de mis posibilidades. Con esta clase de juegos infantiles ocupamos el tiempo.

Sandra toma las curvas de la serpenteante carretera demasiado rápido. Sentada detrás y sin haberme tomado la pastilla para el mareo creo que tendré suerte si no acabo vomitando.

Fue idea suya la ocurrencia de hacer este viaje y echar las cenizas de Julio en su pueblo. En su diario no se mencionaba el nombre de este. Nos encomendamos al DNI. En la distancia vimos el pueblo, en lo alto, como brotado de una colada basáltica.

Tuvimos que dejar el coche aparcado a las afueras del pueblo. Sandra montó en un santiamén el carrito gemelar. La niña decidió dormirse cuando su hermano rompió a llorar, reclamando ansioso la leche de su madre. Envidié su santa paciencia, porque la criatura berreaba de tal manera que me daban ganas de quitarle el freno al carrito y verlo así perderse cuesta abajo, como había visto hacer en una película.

No había nadie en la calle alta —la única calle del pueblo—; dispuestas todas las casas a ambos lados de esta. Las persianas de las viviendas estaban bajadas. Sandra observaba a su alrededor con detenimiento, alzando la cabeza, husmeando como un perdiguero, tratando de encontrar alguna pista que nos situara en el camino correcto.

En los diarios de Julio se mencionaba la estatua de Cayo, la iglesia, el pilón, y el roble. Pero el pilón no lo vimos, el roble tampoco, y en la iglesia no había nada que la singularizase, más allá de una espadaña corriente rematada con una minúscula campana.

Sandra me preguntó si el diario no sería una fantasía, aunque el tono de la interrogación implícitamente lo descartaba. Detrás de la iglesia daba comienzo un camino descendiente. Nos asomamos y nos pareció ver unos chopos en la hondonada. El camino estaba lleno de piedras. A tramos adoptaba la forma de una improvisada y maltrecha escalera.

Desplegando la multifuncionalidad de una navaja suiza y la determinación de una *sherpa*, Sandra extrajo de la parte baja del carrito gemelar una mochila portabebés, colocó a las criaturas a los costados y nos pusimos en marcha. Yo iba sin cargas familiares, pero bastante tenía con no despeñarme. Fue un milagro que llegásemos al final de la cuesta de una pieza, sin rodar como guijarros.

Vimos el río. El cauce era un hilillo de agua. El día estaba nublado y amenazaba lluvia. Sandra llevaba botas goretex y se introdujo con ellas en el agua. Fijó la mirada en un punto. Cuando me miró con ojos ¿febriles?, sentí un miedo absurdo. Alzó su dedo y dudé si no habría entrado en trance, si no estaría experimentando los efectos del «síndrome Palomares». Se dirigió entonces hacia una piedra próxima a la orilla. La tocó, la acarició, la abrazó y rio de buena gana. La miré expectante porque los constantes cambios de humor de Sandra me pillaban con el pie cambiado y también muy fatigada. Al menos la bebé seguía dormida, a pesar del continuo traqueteo y del berrear de su hermanito, que ni después de haberse tomado dos litros de leche materna se mostraba satisfecho y seguía dando la turra, porque hay tiranos que ya apuntan maneras desde la más tierna infancia.

Sandra me pidió que fijase toda mi atención en la piedra. No encontré en ella nada especial. Insistió en que mirase la forma de la piedra. No sabía qué respuesta esperaba de mí. El pareidólico Inmundo también tenía la costumbre de mirar el cielo y encontraba en él toda clase de animales, rostros familiares, u objetos domésticos. Si me esforzaba mucho era capaz de ver yo también en las nubes: el rostro de un caballo, el de su tío Marcelino, la figura de un yoyó.

La piedra era pentagonal. Era lo único que me resultaba evidente.

Es la piedra de Julio –gritó totalmente emocionada. La piedra del diario.

No recordaba que Julio hubiera escrito nada acerca de una piedra pentagonal, pero no me encontraba en condiciones de contradecirla. Sacamos el cofre con las cenizas y las depositamos en el río. El viento soplaba con mucha fuerza y Julio nos entró por la boca, también por las narices. Fue a posarse en mis párpados y en los de Sandra, que en ello vio un último abrazo y también el gesto definitivo de la despedida.

Al romper a llorar, las lágrimas fueron haciendo un surco en mi rostro ceniciento. Me conmoví al pensar las cosas que somos capaces de hacer por los demás, incluso estando muertos, lo cual no dejaba de parecerme absurdo (sí, ya sé que Antígona no pensaría lo mismo).

Un extraño era Julio hacía seis meses y ahora andábamos jugándonos la vida para cumplir con la que Sandra dijo que había sido su última voluntad: volver a su región.

Regresamos al coche jadeando porque era todo cuesta. A nuestra derecha, labrantíos en bancales; a nuestra izquierda, una pared tosca de roca.

Sandra instaló a su hija, todavía dormida, en el asiento trasero. Al hermano lo puso al lado, inquieto y sin cesar de patalear y removerse. Me situé en el asiento del copiloto. Vio cómo se me aflojaban los humedales y comenzaba a llorar mansamente, sin intención alguna de querer apartar las cálidas lágrimas de las mejillas que me iban poco a poco empapando la blusa. No dijo nada; si me hubiera preguntado le hubiera dicho que hacía muchísimo tiempo que no me encontraba tan bien, tan serena y embriagada con la sensación de formar parte, aunque fuese solo por unas pocas horas, de una familia monomarental y numerosa. No obstante, decidí descender del vehículo. Tenía una corazonada que deseaba confirmar.

Creo que Sandra vio en mis ojos el poso de la súplica y la voluntad férrea de querer recorrer a mi aire los últimos pasos del camino antes de la capitulación final.

¿Cómo era aquello que nos dijo Vivero?

Todo lo que espera la esperanza es que llamen a la puerta, creí recordar.

Los vi alejarse hasta que el coche fue un punto en el horizonte y luego nada.

En la plaza cogí la vereda que conducía al cementerio. Detrás estaba la huerta. Seguía pareciendo un vergel. Un hombre apareció detrás de las tomateras con semblante serio. De la impresión, yo no me podía mover, así que fue él quien se acercó hasta mí para preguntarme si me encontraba bien. Muerta del susto, hubiera respondido de haber contado con el socorro de las palabras. No llevaba ninguna medalla con mis datos personales y seguía muda, así que el hombre echó mano del libro que asomaba por la cremallera de mi bolso. Pareció decepcionado al ver la *Guía de Italia* llena de papelajos y anotaciones; la mitad de las hojas dobladas y subrayadas a bolígrafo.

Decidida a hablar con los ojos, dirigí mi mirada hacia el interior de mi chaqueta, y el hombre, muy perspicaz, extrajo de la misma, otro libro con desenvoltura.

Miró el título, luego el nombre del autor en la cubierta, y finalmente la dedicatoria. Él también era capaz de hablar con los ojos. Los tenía chispeantes.

—¡Qué cabrón el Julio!, así que finalmente lo hizo, ¡eh! —dijo—, cogiéndome de la mano y situándome con delicadeza en un tocón, a la sombra, debajo de una higuera.

Miró la cubierta otra vez, sonriendo.

—Onomástica… del griego *onomastikē*: el «arte de nombrar» —dijo.

FIN

Este libro se publicó
en el mes de abril
del año 2024